U0711629

"少年轻科普"丛书

博物馆里的古诗词

沅汰 / 著

广西师范大学出版社

· 桂林 ·

图书在版编目（CIP）数据

博物馆里的古诗词／沉汰著.—桂林：广西师范大学
出版社，2024.3（2024.10 重印）
（少年轻科普）
ISBN 978 – 7 – 5598 – 6707 – 0

Ⅰ.①博… Ⅱ.①沉… Ⅲ.①古典诗歌－诗集－中国
－少年读物 Ⅳ.①I222.72

中国国家版本馆 CIP 数据核字（2024）第 011714 号

博物馆里的古诗词
BOWUGUAN LI DE GUSHICI

出　品　人：刘广汉
策划编辑：杨仪宁
责任编辑：杨仪宁　孙羽翎
装帧设计：DarkSlayer
插　　画：黄诗琴

广西师范大学出版社出版发行

（广西桂林市五里店路 9 号　　邮政编码：541004）
（网址：http：//www. bbtpress. com）
出版人：黄轩庄
全国新华书店经销
销售热线：021 – 65200318　021 – 31260822 – 898
山东临沂新华印刷物流集团有限责任公司印刷
（临沂高新技术产业开发区新华路 1 号　邮政编码：276017）
开本：720 mm×960 mm　　1/16
印张：10.75　　　　　　字数：80 千
2024 年 3 月第 1 版　　　2024 年 10 月第 2 次印刷
定价：48.00 元

如发现印装质量问题，影响阅读，请与出版社发行部门联系调换。

序
PREFACE

每个孩子都应该有一粒种子

在这个世界上，有很多看似很简单，却很难回答的问题，比如说，什么是科学？

什么是科学？在我还是一个小学生的时候，科学就是科学家。

那个时候，"长大要成为科学家"是让我自豪和骄傲的理想。每当说出这个理想的时候，大人的赞赏言语和小伙伴的崇拜目光就会一股脑地冲过来，这种感觉，让人心里有小小的得意。

那个时候，有一部科幻影片叫《时间隧道》。在影片中，科学家可以把人送到很古老很古老的过去，穿越人类文明的长河，甚至回到恐龙时代。懵懂之中，我只知道那些不修边幅、蓬头散发、穿着白大褂的科学家的脑子里装满了智慧和疯狂的想法，它们可以改变世界，可以创造未来。

在懵懂学童的脑海中，科学家就代表了科学。

什么是科学？在我还是一个中学生的时候，科学就是动手实验。

那个时候，我读到了一本叫《神秘岛》的书。书中的工程师似乎有着无限的智慧，他们凭借自己的科学知识，不仅种出了粮食，织出了衣服，造出了炸药，开凿了运河，甚至还建成了电报通信系统。凭借科学知识，他们把自己的命运牢牢地掌握在手中。

于是，我家里的灯泡变成了烧杯，老陈醋和碱面在里面愉快地冒着泡；拆开的石英表永久性变成了线圈和零件，只是拿到的那两片手表玻璃，终究没有变成能点燃火焰的透镜。但我知道科学是有力量的。拥有科学知识的力量成为我向往的目标。

在朝气蓬勃的少年心目中，科学就是改变世界的实验。

什么是科学？在我是一个研究生的时候，科学就是炫酷的观点和理论。

那时的我，上过云贵高原，下过广西天坑，追寻骗子兰花的足迹，探索花朵上诱骗昆虫的精妙机关。那时的我，沉浸在达尔文、孟德尔、摩尔根留下的遗传和演化理论当中，惊叹于那些天才想法对人类认知产生的巨大影响，连吃饭的时候都在和同学讨论生物演化理论，总是憧憬着有一天能在《自然》和《科学》杂志上发表自己的科学观点。

在激情青年的视野中，科学就是推动世界变革的观点和理论。

直到有一天，我离开了实验室，真正开始了自己的科普之旅，我才发现科学不仅仅是科学家才能做的事情。科学不仅仅是实验，验证重力规则的时候，伽利略并没有真的站在比萨斜塔上面扔铁球和木球；科学也不仅仅是观点和理论，如果它们仅仅是沉睡在书本上的知识条目，对世界就毫无价值。

科学就在我们身边——从厨房到果园，从煮粥洗菜到刷牙洗脸，从眼前的花草树木到天上的日月星辰，从随处可见的蚂蚁蜜蜂到博物馆里的恐龙化石……

处处少不了它。

其实，科学就是我们认识世界的方法，科学就是我们打量宇宙的眼睛，科学就是我们测量幸福的尺子。

什么是科学？在这套"少年轻科普"丛书里，每一位小朋友和大朋友都会找到属于自己的答案——长着羽毛的恐龙、叶子呈现宝石般蓝色的特别植物、僵尸星星和流浪星星、能从空气中凝聚水的沙漠甲虫、爱吃妈妈便便的小黄金鼠……都是科学表演的主角。"少年轻科普"丛书就像一袋神奇的怪味豆，只要细细品味，你就能品咂出属于自己的味道。

在今天的我看来，科学其实是一粒种子。

它一直都在我们的心里，需要用好奇心和思考的雨露将它滋养，才能生根发芽。有一天，你会突然发现，它已经长大，成了可以依托的参天大树。树上绽放的理性之花和结出的智慧果实，就是科学给我们最大的褒奖。

编写这套丛书时，我和这套书的每一位作者，都仿佛沿着时间线回溯，看到了年少时好奇的自己，看到了早早播种在我们心里的那一粒科学的小种子。我想通过"少年轻科普"丛书告诉孩子们——科学究竟是什么，科学家究竟在做什么。当然，更希望能在你们心中，也埋下一粒科学的小种子。

"少年轻科普"丛书主编

目录
CONTENTS

002　《蜀道难》里的蜀道有多难?

012　《望岳》里的泰山为什么是"五岳"之首?

020　《春晓》里的"鸟"是什么时候开始被人类注意到的?

026　《静夜思》里的"床"不是睡觉的床吗?

032　《凉州词》里的羌笛是谁发明的?

038　"松下问童子,言师采药去",师父采的是什么"药"?

044　"日照香炉生紫烟"里的"炉"到底是什么炉?

050　"门泊东吴万里船"中的"船"是什么船?

058　"停车坐爱枫林晚",杜牧乘坐的是什么"车"?

064　《马诗》里马披的饰品"金络脑"是什么?

070　"遥望洞庭山水翠",古人怎样追求山水之乐?

076　《送杜少府之任蜀州》里王勃在哪儿送别友人?是怎么送别的

082　"王谢"为什么穿"乌衣"?

088　"把酒问青天"的苏东坡为什么叫"东坡"？

096　"醉里挑灯看剑"，看的是什么"剑"？

102　"人比黄花瘦"中的"黄花"是什么花？

108　"长烟落日孤城闭"里的"孤城"是哪座城？

114　"寒蝉凄切"的"蝉"是什么蝉？

120　"春风送暖入屠苏"中的"屠苏"是什么？

126　"昼出耘田夜绩麻"里的"绩麻"是指什么？

132　《卫风·氓》里的男人真的是用布去买丝吗？

140　《七步诗》里煮豆子的"釜"是什么？

146　《秋风辞》里的"汾河"是哪条河？

152　《孔雀东南飞》里的焦仲卿和刘兰芝，他们是哪里人？

158　《木兰辞》里的"木兰"是女孩，为什么她要去当兵？

01

《蜀道难》里的蜀道有多难？

青铜神树

　　《蜀道难》是诗仙李白的代表诗作，蜀道奇丽惊险，因为蜀道难，入蜀、出蜀都难，所以古蜀文明才能在一定程度上保持独立性，表达自我，与众不同。青铜神树就象征着古蜀国特立独行又灿烂的文明，是独具一格、绝无仅有的文物。古蜀深处四川盆地，古蜀人民对明亮的阳光有极度的向往。青铜神树的造型取自神话传说里太阳居住的神树，古蜀人民用瑰丽的想象力把神树具象化，表达了希望太阳穿透云雾、永留蜀国的美好愿望。

出处： 　噫吁嚱，危乎高哉！蜀道之难，难于上青天！蚕丛及鱼凫，开国何茫然！尔来四万八千岁，不与秦塞通人烟。西当太白有鸟道，可以横绝峨眉巅。

——唐·李白《蜀道难》（节选）

译文： 　呜呼！由于山路既高且危，所以走蜀道比上青天还难。上古时，蜀国之王从蚕丛到鱼凫，开国的年代太久而无法详谈。四万八千年以来，秦、蜀之间被秦岭阻隔，一向无人来往。西对太白山有飞鸟能过的小道，这条路可以横穿到峨眉山顶。

蜀道究竟有多难

李白诗里的"西当太白有鸟道"，意思是说秦岭主峰太白山最高处的道路只有鸟儿才能飞过去，所以叫"鸟道"。

《三国演义》中，诸葛亮六出祁山，北伐曹魏，为什么失败了？一个原因就是"蜀道难"。诸葛亮穿越秦岭，其中有两次走了山中河谷"褒斜道"，这就是典型的"蜀道"。

秦岭是一条重要的山脉，是关中和汉中的分界线。因为秦岭横亘，北边的关中和南边的汉中道路不通，难以往来。但秦岭有一条纵贯南北的山谷叫"斜谷"，南起今天的汉中市，北到宝鸡市眉县。这条山谷南有褒水，北有斜水，所以又叫"褒斜谷"。

想穿过这条山中河谷，就要修栈道。栈道是悬挂在峭壁上的路，栈道下面就是湍急河水。修筑栈道要在悬崖峭壁上凿孔、架木，连接而成。依据具体的环境，栈道有多种形式，最常见的一种叫"平梁立柱式"。平梁立柱式栈道是在临河的岩壁上凿孔、架木，下面用立柱支撑，横木上再铺木板、架栏杆形成的道路。

还有更险峻的"千梁无柱式"栈道。这种栈道没有任何支撑，只在悬崖上打孔、插木，然后铺上木板，加上栏杆。这种悬在空中的路走上去让人头晕目眩。

现在在陕西省城固县仍然能看到古栈道遗迹。城固小河镇栈道在距离地面十几米的山崖上。崖壁上打了方形栈孔，栈孔里插入石条。为了稳固，用石灰使石条和栈孔粘合，有些石条还用了铁片加固。

李白《蜀道难》里说的"石栈"就是指褒斜道这样的栈道，这可以说是蜀道最险要的道路。

今天，蜀道依然存在，只是有了新的通行方式——西成高铁的开通让人们可以坐车直接穿越秦岭。西成高铁北起西安，南到成都，全长 658 千米。在这条高铁线上，隧道和桥梁的比例约占全线的 93%，而穿越秦岭山区的隧道、桥梁加起来总长约有 135 千米，这个长度可以让火车顺利穿过秦岭这座难以逾越的自然屏障。西成高铁运行速度约为 250 千米 / 小时，穿越秦岭仅需要一个小时左右。

木牛流马真的存在吗

木牛流马是真的存在，但不是真的"牛"和"马"，而是指"车"和"船"。

李白在《蜀道难》里列举了蜀道为什么难，其实主要就是石梯陡峭、山路泥泞、栈道险要这几种情况。可见，秦岭古道也不仅仅是栈道，还有石梯道和人走出来的土路。

石梯道由一块一块不规则的巨石垒成，路的两边没有护栏，都是陡峭的山坡。从下往上看，石梯就好像直接通到天上去了，所以李白把它叫作"天梯"。

蜀道上还有些地方既不是栈道，也不是石梯，而是土路。"地上本没有路，走的人多了，也便成了路。"

路是有了，但山中多雨，有时候接连下几十天大雨，路就变得泥泞不堪。青泥岭的路就是以泥泞出名，所以李白在诗里说"青泥何盘盘"，说的是弯曲的泥路百步九折，萦绕着山岩。

打仗免不了要运输物资，面对蜀道这种复杂路况，蜀军用什么工具运输物资呢？书上说，诸葛亮为此制作了特别的交通工具——木牛流马。所谓"木牛"，其实就是适应各种山路的木车，据说这个"木牛"一车能运载粮食250千克左右。而且诸葛亮思虑周全，除了陆路运输，水路运输也考虑到了。水路途经嘉陵江和渭水，"流马"就是运输物资的船。也有人认为，木牛、流马都是车类运输工具。

今天通过西成高铁从成都到西安，途经汉中，穿过秦岭，全程只要四个小时。如果诸葛亮活到今天，坐在高铁车厢里从成都出发，穿过大巴山区、汉中平原、秦岭山区，到达关中平原时，不知道是什么感想。

此蜀国非彼蜀国

其实李白诗里说的蜀国不是三国时刘备建立的蜀

汉，而是比蜀汉要早三千多年的古蜀国，在四川省广汉市。今天的广汉三星堆遗址就是古蜀国都城所在地。

三星堆博物馆有一棵巨大的青铜神树，高近四米，是目前为止全世界发现的最高大的单件青铜文物。这棵树上除了有枝有叶，还有鸟。据分析，这棵树是古蜀国先民想象中的东海扶桑树。扶桑树就是太阳居住的地方。每天早上，住在树上的鸟把太阳背起来飞到天上去，太阳就升起来了。晚上，鸟又把太阳背回东海的扶桑树上，太阳就落山了。

青铜神树表现出古蜀国的先民对太阳的崇拜。追逐太阳，沐浴日光，这是住在四川盆地的蜀国人永恒不变的追求。

这个大面具是蜀王

三星堆的古蜀国遗址出土了许多青铜面具，其中最大、最奇特的面具亮相时，让人几乎不敢相信自己的眼睛。这个面具很大，远远大于一般的面具，上面的眼睛极为夸张，一对耳朵又长又尖，像精灵一样。所以有人戏称这是"千里眼"和"顺风耳"。

青铜纵目面具

　　据说这个面具的形象来自古蜀国的蚕丛王。李白在《蜀道难》里说道："蚕丛及鱼凫，开国何茫然！"蚕丛王建立了古蜀国，他生活在四千八百年前，据说活了好几百岁。蚕丛王穿着青色的衣服，教古蜀国的先民采桑养蚕。蚕丛王生活的时代相当于新石器时代晚期。

　　李白诗里另一位鱼凫王生活的时代要比蚕丛王晚，相当于夏朝末年、商朝初年。他擅长捕鱼，就教人们捕鱼。据说鱼凫王也活了好几百岁，最后在岷江边的山上得道飞升了。

　　鱼凫王死后，传说从天上掉下来一个叫杜宇的人，做了蜀王。据说，这时候蜀国的都城逐渐从广汉迁到了成都地区，就在以豆瓣酱出名的郫县（现在的成都市郫都区）。

博物馆里的古诗词

飞机上的太阳与神鸟

后来古蜀国又"搬家"到了成都的青羊区，现在那里有个金沙遗址博物馆，就是古蜀国先民在三千年前生活的地方。

乘坐成都航空公司的飞机时，你有没有注意到，在飞机尾部有一个圆圆的金黄色的标志？这个标志来源于古蜀国的一件金饰品——太阳神鸟金饰。它出土于金沙遗址，上面的四只神鸟象征春、夏、秋、冬四季，也象征东、西、南、北四方。中间是一轮散发着光芒的太阳，太阳是顺时针旋转的。太阳的光芒有十二道，象征着一年的十二个月。

太阳神鸟金饰

蜀国是怎么灭亡的

战国时，秦国很想夺取蜀国。秦惠文王听说蜀王贪财，就送了他五头石牛。据说这些牛拉的粪便都是金子，所以又叫金牛。秦惠文王听说蜀王好色，还送了他美女。

李白诗里说，"地崩山摧壮士死"，描写的是秦惠文王把金牛和美女送来，蜀王派出壮士去迎接。壮士们走到一座大山下，遇到了一件奇怪的事。有一条大蛇，钻到了一个洞穴里。有人伸手揪住了大蛇的尾巴，大蛇继续往里爬。于是其他人一个接一个来帮忙。拉着拉着，山崩塌了，壮士和秦国美女全都被压在山下压死了。

当然，这只是传说。史书上的一个记载，是秦惠文王派将军司马错等人率军攻打蜀国，蜀国灭亡了。从此，这片土地上的文明逐渐与中原文明融汇。

02

《望岳》里的泰山为什么是"五岳"之首？

秦陵二号铜马车

　　泰山是一座山，但不是一座普通的山。仅一首《望岳》，就让我们感受到了泰山在天地之间矗然而立的雄健之姿，以及诗人登上泰山所体会到的连通天地之感。泰山是五岳之尊，天下众山之首。泰山拥有独特的地位是从秦始皇开始的。先秦时期就有国君祭祀治下区域内名山的习俗，秦始皇统一六国后，更是首创封禅泰山的大典，以此来证明自己是真命天子，彰显自己的政治地位。当年秦始皇正是乘着铜马车这样的马车去泰山，也乘着这辆马车巡视天下，见证自己缔造的帝国。

出处：　岱宗夫如何？齐鲁青未了。造化钟神秀，阴阳割昏晓。

荡胸生层云，决眦入归鸟。会当凌绝顶，一览众山小。

——唐·杜甫《望岳》

译文：　泰山究竟怎么样呢？齐鲁大地上山势起伏，绿色延绵不绝。大自然把山岳的奇异景象全都赋予了泰山，雄伟的泰山使山的南面和北面明暗迥然不同，就像清晨和黄昏的区别。

山中云气层出不穷，使人心胸亦为之荡漾，极力睁大眼睛才能看到归巢的鸟儿。我一定要登上那泰山的峰顶，那时四周重重山峦看起来定会显得渺小。

他让泰山变得与众不同

秦始皇统一六国后，中国历史上第一个封建王朝秦朝建立了。秦始皇在位期间，并不是每天都待在都城咸阳的宫殿里，他曾经五次离开咸阳到全国各地巡游，足迹遍布大江南北。

秦始皇出巡的时候，所乘坐的交通工具是一辆马车。今天，我们在陕西省西安市的秦始皇帝陵博物院就能看到这辆马车的样子。这是一辆用四匹马拉的车，有很宽大的车厢，车厢上有可以开合的车窗。这辆马车出土于秦始皇的帝陵陪葬坑，是完全仿照始皇帝生前所乘的马车，用铜复制完成的。这种高级的马车只有皇帝、皇后、太子才能使用，它是秦始皇生前的生活必需品，所以他下令让人仿造马车作为他死后的陪葬品。

秦始皇当上皇帝两年后，就坐在这种马车里开始东巡。东巡中最重要的一件事就是去泰山举行了祭祀大典。这是只有皇帝才能亲自去执行的祭祀典礼，受祭的是"天"和"地"。皇帝亲自在泰山顶上祭天，泰山脚下祭地，这叫作"封禅"。天下那么多山，秦始皇唯独选择了泰山举行封禅大典，从此以后，泰山就变成了最与众不同的山。

只有皇帝才能举行封禅大典，而且必须是有功绩的皇帝。在秦始皇之后，汉武帝、唐高宗等几位皇帝也在泰山举行过封禅大典。泰山封禅是古代最高级别的祭祀，泰山也成了古代最重要的山。

五岳之首、天下山宗

有个词叫"三山五岳"，基本把历史上的华夏名山都概括进来了。"三山"是指海上三座仙山：蓬莱、方壶、瀛洲。"五岳"的"岳"虽然也是指山，但能被称为"岳"的都不是普通的山，而是神山。姜子牙能把人封为神，那么谁能把山封为神山呢？这个人是黄帝。黄帝在东、西、南、北、中各找一座大山封神，这就是五岳的来历。

最早记载的"五岳"是指东岳岱宗、南岳衡山、西岳华山、北岳恒山、中岳嵩山。"岱宗"指的就是今天的泰山。泰山被尊称为"宗"，意思就是说，泰山是天下所有山的祖宗。因为古时候泰山也叫"岱山"，所以尊称它为"岱宗"。

历代王朝都非常看重"五岳"，它代表着江山社稷的完整。但"五岳"并不是固定的，在不同的历史时期有过变化，比如汉代就曾把南岳衡山换成安徽天柱山。但东岳泰山从来没有改变过。

山东为什么叫作"齐鲁大地"

　　泰山在山东省泰安市。山东经常被称为"齐鲁大地"，杜甫也说"岱宗夫如何？齐鲁青未了"。山东被称为"齐鲁"，是因为早在西周、春秋战国时期，这里有两个诸侯国：齐国和鲁国。

　　周武王讨伐商纣王，灭亡商朝，建立了周朝。周朝在各地分封了许多诸侯。其中太公姜子牙的封国就在今天的山东淄博一带，就是齐国。还有周武王的弟弟周公旦，他的封国也在山东，在今天的曲阜一带，就是鲁国。在西周、春秋战国时，齐国和鲁国一直都是大国，所以后来就用"齐鲁"来代称山东。

　　泰山的主峰玉皇顶海拔 1 532.7 米，是齐鲁大地上最高的山。

秦始皇统一文字用的是什么字

　　秦始皇统一天下后，也统一了文字、货币、度量衡。那统一之后的文字是什么样的呢？

　　在文字没有统一之前，战国时期，各个诸侯国都有自己的文字。也就是说，同一个字在不同的国家写法都不太相同。秦始皇让秦国的文字"小篆"成为统一后的秦朝官方通用文字。

小篆的样子在泰山上可以看到。泰山上有很多石刻，其中年代最早的一块石碑被称为"李斯碑"。上面的文字是秦朝丞相李斯的手笔，这碑上的字就是小篆。

五嶽獨尊

昂頭天外

MEET ANCIENT POEMS IN MUSEUMS

泰山的"宣传大使"

尽管泰山并不是海拔最高的山，但古人一直认为泰山是最高的山，所以才会在这儿举行祭天大典。因为山越高，离天就越近，这样祭天的效果才会最好。

杜甫诗里说："会当凌绝顶，一览众山小。"意思是登上泰山的山顶眺望，泰山巍峨，让人有胸怀天下之感。其实早在杜甫之前，孟子就说过："孔子登东山而小鲁，登泰山而小天下。"孟子认为，孔子站在东山上便觉得鲁国小了，登上泰山便觉得天下都在自己脚下，天下变小了。这也是在称赞泰山的高大雄伟。

孔子是万世师表，杜甫是唐代顶级大诗人，因为有他们的"宣传"，泰山有了厚重的人文底蕴。

03

《春晓》里的"鸟"是什么时候开始被人类注意到的？

鹳鱼石斧图彩绘陶缸

　　鸟很早就为人类所关注。殷商的甲骨文里有象形文字"鸟"，像一幅生动的画。古蜀金沙的金饰上有太阳神鸟。西周的玉饰品里有头上有冠的神奇凤鸟。唐诗宋词里更是"处处闻啼鸟"：黄鹂在翠柳枝头唱歌，鹊鸟在明月洒银的夜晚舞动于枝头。在神话传说里，上古时期有一位东方的统治者——白帝少昊金天氏。少昊出生时，天上飞来五色凤凰。少昊以玄鸟作为自己部落的图腾。玄鸟就是燕子。传说毕竟是传说，但是鹳鱼石斧彩绘陶缸上的鹳鸟似乎印证了神话传说，并且让我们见证了上古部落的战争。

出处：　　　春眠不觉晓，处处闻啼鸟。

夜来风雨声，花落知多少？

——唐·孟浩然《春晓》

译文：　　　春天的早晨初醒后，听见处处是鸟啼之声，这才发现天色已亮。昨夜听到了风雨之声，那么大的雨，不知落了多少花。

六千年前的中国画上有一只鸟

最早的一幅中国画，出现在六千年前的新石器时代。这幅画是画在一件陶器上的。画面上有一只鸟，这是一只鹳。鹳是一种大型水鸟，有又粗又长的嘴，这样的嘴捕食鱼虾特别方便。画上的这只鹳嘴里就正叼着一条鱼。那是一条看起来无力挣扎的鱼，眼睛无神，身体僵直，也许已经成了死鱼，很快就要成为鹳的食物。

在鹳和鱼的旁边，还有一把非常醒目的大斧子。在六千年前的新石器时代，石斧是很重要的劳动工具。耕种农田、猎获野兽，都用得到石斧。部落之间的战争也能用石斧作为武器。如果一个人拿着石斧，在劳动、狩猎和战争中都取得了重大成果和功绩，他就有可能成为这个部落的首领，或者叫作"王"。这把石斧就是他的权力器具。

这幅画上的鹳具有象征意义，象征以鸟为图腾的一个部落。画上的鱼象征以鱼为图腾的部落。显然，以鸟为图腾的部落在战争中打败了以鱼为图腾的部落，鸟部落的首领因此取得了更大的权力，画上的那把石斧就是其权力的象征。

这是一幅画在陶缸上的彩画，证明了人类早在六千年前就已经与鸟为伴。这个画着《鹳鱼石斧图》的彩陶缸收藏在中国国家博物馆。

会唱歌的鸟

孟浩然的《春晓》描写了一幅生机盎然的春景图，其中有一个画面就是春天的清晨，醒来听到有许多的鸟儿鸣唱不绝——"春眠不觉晓，处处闻啼鸟"，叽叽喳喳真是快乐。

在佛教传说中，有一种特别会唱歌的鸟叫"妙音鸟"，它唱的歌特别动人。妙音鸟的样子上半身是人，长得端庄慈祥；下半身是鸟，像鹤一样有长腿，腿上有鸟爪。妙音鸟又叫"迦陵频伽"，它们生活在西天佛国里。妙音鸟经常在唱歌的同时弹奏乐器，比如说琵琶。

西夏王陵妙音鸟

在哪里可以看到妙音鸟呢？在敦煌的壁画里，在辽代的建筑构件里，在西夏王陵都可以看到。今天在中国国家博物馆也能看到妙音鸟的塑像。它们美丽而安详，有的时候还头戴花冠，是一种象征祥瑞的鸟。

戴在头上的鸟

在孟浩然生活的唐代，人们特别喜欢鸟。银盘里有鸟，铜镜上有鸟，壁画里有鸟，甚至乐器都可以制作成鸟的形状。

北京故宫博物院有一座唐代的人物塑像。这个高达半米的塑像是一位唐朝的女子，她穿着短襦和长裙端坐着，手里有一只很小的小鸟，仿佛正要给小鸟喂食，或是逗着小鸟玩。乍一看，她头上还"坐"着一只硕大的鸟！原来，她是戴了一个鸟形状的帽子，真是夸张。

但这还不是最夸张的。还有一座唐俑，是一位骑马的女子。她正骑着高头大马昂首前行，手里拿着一个腰鼓，头上"端坐"着一只比她头还大的孔雀。孔雀在女子头上伸直了脖子昂首观望，长长的孔雀羽毛像头发一样披垂在女子脑后，看起来特别招摇。

头上戴鸟虽不稀罕，但往往都是小小一只，作为装饰。像唐朝人这样把大型鸟冠戴在头上的，还真是绝无仅有，这是很特立独行的时尚。

唐代不但流行女人头上戴鸟，男人头上也戴鸟。穿着铠甲的武士冠上往往会有一只鸟。武官戴的鸟叫作"鹖"，鹖是一种非常勇猛善斗的鸟。武官头上戴的鹖往往是展开双翅向下俯冲的样子，显得十分凶猛。

04

《静夜思》里的“床”不是睡觉的床吗？

　　人类学会了造房子，从此不再穴居。房子能给人们遮风挡雨，在冬天保持温暖干燥，房子里的家具则为人们提供便利。不过，家具的诞生与演变也有着漫长的过程。在这个过程中，人们的生活习惯随之改变。从席地而坐、席地而躺，到有了高坐具，可以“解放”双腿，生活的舒适度也越来越高。胡床就是一种轻巧、方便的坐具，唐朝石刻中有它的影子。《静夜思》里李白携胡床出门，坐在月夜里赏月，成就了一首千古名诗。

出处：　　　　　　　床前明月光，疑是地上霜。

举头望明月，低头思故乡。

——唐·李白《静夜思》

译文：　　明亮的月光洒在床前，恍惚中让人以为清冷月光是铺在地上的霜。抬起头看向明月，不由得低头思念远方的家乡。

席地而坐

"席地而坐"，在很长一段时间里都是古人习惯的方式。

直接坐在地上，天热的时候还好说，天冷的时候怎么办呢？为了防寒，有的人在地上铺上草类植物编织的垫子，或是棉麻类织物制作的垫子，还有的人身份地位高，或者家里有钱，则用动物皮毛制作的垫子。这就叫作"席"。席是铺在地上的，人坐在席子上，所以叫"席地而坐"。坐的时候，坐姿也有讲究，不能一屁股坐在地上把两腿岔开，要先跪在席子上，然后把屁股放在自己的脚后跟上。

春秋时期，卫灵公想在冬天兴建一些工程。但是大臣劝他："天太冷了，百姓在工地上干活会被冻伤。"卫灵公很诧异地说："天很冷吗？"大臣忍不住指责他说："国君住的屋子里都生了火可以取暖，你穿着上等的裘皮大衣，坐在熊席上，当然不觉得冷。"这里说的"熊席"其实就是指熊皮做成的垫子。

坐在床上

李白的《静夜思》流传非常广，只要一说"床前明月光"，人们就可以马上接下一句"疑是地上霜"。诗中的"床"到底是什么，这个问题的答案，人们已争论多年，解释五花八门，层出不穷。

在李白生活的时代，如果在屋子里躺在床上，是不太可能看到月亮的。因为窗户上并不是透明的玻璃，蒙窗的是不透明的纸或是纱之类的物品。

有人推测，李白看月亮是在院子里，他是把"床"拿到了院子里，坐在"床"上看月亮。这种"床"是坐具，相当于我们说的凳子之类的东西，而不是睡觉的床。

李白生活的唐代有"胡床"，是从西域流传来的，与我们现在说的马扎相似。坐在胡床上可以解放双腿，不用像跪坐在席子上那么累了。胡床还有一个好处是可以折叠，携带方便。所以，很有可能李白就是看到月明星稀，月色如银，一时高兴就拿起一张胡床走出去，坐在院子里看月亮。

魏晋南北朝时期，有一幅名画叫作《北齐校书图》，上面画着几位学者校订图书的情景，其中一位学者就是坐在一张交脚的胡床上。

大家一起坐

在唐代，坐具除了交脚胡床，也有平台式的"床"，其实就是我们现在的凳子，但可能更宽大。这种"床"下面的四条腿，有时也用边框连在一起，这样可以更稳当。这种平台式的"床"有大有小，还可以在床边竖起床围。有的一面有床围，也有的三面有床围。

还是在这幅《北齐校书图》里，除了坐在胡床上的那位学士，还有四位学士是共坐的，大家一起坐在一张"大床"上。那张大床是可以供多个人共坐的大型平台式坐具，而不是睡觉的床。

台北故宫博物院藏有一幅名画《唐人宫乐图》。这幅画描绘了唐代的宫中贵族妇女娱乐宴会的场面。画面中间是一张很大的桌子，贵妇各自坐在一张"床"上，围着这个大桌子一起喝茶、品评音乐、行酒令等。

比李白生活的时代稍晚，五代时期也有一幅很有名的画——《韩熙载夜宴图》，这幅画描绘了一位官员在家里设宴款待宾客的情景，里面有不少坐具。其中有一个场景是大家在聚精会神地欣赏一位妇女弹琵琶。坐"单人床"的两位，他们坐的"床"已经和我们现在的椅子差别不大了。还有两位男子坐在一张三面有床围的大床上，前面还有护栏。宴客肯定不会是在卧室，所以这床也不是睡觉的，是用来坐的。

用来睡觉的床

《红楼梦》里刘姥姥进大观园，贾母请刘姥姥在园子里玩了一天，带着刘姥姥到大观园的各处逛了逛。到了探春的屋子里，书里细写陈设，其中有一张"拔步床"，还挂着葱绿色的纱帐，上面绣着各种草虫。这张"床"就是睡觉的。"拔步床"是一种很豪华的床，拉上帘子，里面相当于一个单独的小屋子。

后来刘姥姥又跟贾母到了宝钗住的房子里。宝钗屋子里的摆设就比较朴素，床上只挂着青纱的床帐。这床也是用来睡觉的，因为后文写道，床上还放着枕头、被褥等睡觉需要用到的东西。

刘姥姥自己一个不小心跑到了宝玉的屋子里。她喝了不少酒，也有点累，看到宝玉屋子里有一幅很精致的床帐，就一屁股坐在床上休息，后来干脆睡着了。可见在清代床就是用来睡觉的，所以刘姥姥才能在床上做出睡觉的动作来。

从这些图画和诗文里，我们也就大致了解了"床"的历史。

05

《凉州词》里的羌笛是谁发明的？

哭泣纹人头形器盖

在中国历史上，西北地区曾经生活着匈奴人。匈奴人的样子在今天的博物馆里可以看到。考古学家发现了一个陶器的盖子，盖子是一张人脸的样子，人脸上流着泪，流出的泪痕特别醒目。

古代匈奴人有一个习俗：在悼念死者的时候会用刀子划破脸，让眼泪和血一起流下来，用这种方式来表达悲痛的心情。这件陶器的器盖，也许就是对这个习俗的刻画。

王之涣《凉州词》中的凉州就是匈奴人和羌人生活的地方。

出处： 黄河远上白云间，一片孤城万仞山。
羌笛何须怨杨柳，春风不度玉门关。
——唐·王之涣《凉州词》

译文： 黄河的水源远流长，仿佛是从高耸天际的白云间一直奔流下来。一座孤城，寂寞地坐落在万丈高的山间。何必用羌笛吹奏哀怨的《折杨柳》曲呢？春风根本吹不到玉门关处。

一张哭泣的脸

　　王之涣《凉州词》里写到的"凉州"很大。西汉时的"凉州"包括今天的甘肃大部分，以及内蒙古、青海、宁夏、陕西的部分地区。匈奴人、羌人曾在这里生活。羌人是炎帝后裔，是生活在西部地区的古老部族，特别擅长放羊。羌笛是羌人发明的乐器，很可能是用于向羊发出指令，或者是相隔距离较远的人用来互相发信号。羌笛在唐代是一种很流行的乐器，它悲凉的音调能呈现出独具特色的边塞之音。

　　《史记·匈奴列传》描述匈奴人为"夏

后氏之苗裔"，说匈奴人的祖先"淳维"是夏桀的妾所生的儿子。商汤灭夏之后，淳维逃到了极远的北方，蛮荒的大漠之中。自尧、舜以来，北方还有山戎、猃狁、荤粥等部族，淳维所带领的部落与他们渐渐融合，世代繁衍，这就是匈奴人的由来。欧洲人则认为匈奴人的起源是个谜，他们可能是当时生活在中亚地区、互相联系紧密的不同民族的统称。匈奴人逐水草而居，善于骑射，以放牧、狩猎为生。

远嫁的公主

汉代的凉州生活着很多古代民族。祁连山以北曾有乌孙国。但是后来乌孙惧怕匈奴，逐渐向更遥远的西北地区迁移，从凉州迁到西域去了。汉武帝时，汉朝想和乌孙联合，一起抗击匈奴，把匈奴从凉州赶出去。汉朝想和乌孙建立亲密良好的关系，于是就和乌孙国联姻，把公主嫁给乌孙王。

汉朝曾经先后把江都公主和解忧公主嫁到乌孙去。对汉朝的公主来说，从都城长安出嫁到遥远的西域，就像到了天边一样。何况出嫁的公主还要担负联系乌孙和汉朝，一起抗击匈奴的任务。

公主曾经在诗歌里写过自己的感受：自从被嫁到遥远的乌孙，与家人天各一方，只能寄身于异国他乡的乌孙王，这里没有汉朝那样的木石结构房屋，都住在毛毡的帐篷里。乌孙人以肉食为主，喝的都是乳制饮品。

今天的敦煌地区曾经是乌孙人居住过的地方。王之涣《凉州词》里写"春风不度玉门关"，"玉门关"就在今天的敦煌地区。

这里有最甜的瓜

玉门关在今天的甘肃省敦煌市西北边，这里曾经是进出西域的门户。玉门关再往西，一直到今天的帕米尔高原之间，天山南北，这一大片区域就叫作"西域"。

今天的敦煌已经是汉代凉州的边缘。这里黄沙漫漫，但是玉门关内的人们也很重视生产生活。据说当时这里长的瓜特别好，一个瓜有三尺多长，尽管形状弯弯曲曲不怎么好看，但是味道特别甜美。这是只有玉门关当地才有的特产。

当地的父老乡亲说，这个瓜其实不是人间能有的。这瓜本来种在昆仑山西王母的宫殿里，西王母不小心丢了几粒种子在海上仙山蓬莱。后来被一个道士发现了，于是道士从蓬莱山上把瓜的种子带回人间。这瓜在别处种不了，只有在玉门关这儿才能种得好，结出瓜来。

当然这只是一个传说。但有文字记载，敦煌当地很重视农业，种植时要选优质的种子，而且还会做好准备工作，比如积肥。当地人从每年九月份就开始准备，把牛粪、马粪都准备好。再加上敦煌地处昼夜温差大的地区，所以才能种出来这么美味的瓜。

在诗人笔下，玉门关是很荒凉的地方，玉门关外很遥远，但实际上玉门关一直都是文化、经济等交汇融合的地方。

点起烽火

玉门关是汉代长城的关口。这里不仅是重要的商贸通路，也曾经是防守的要塞。现在还能在玉门关看到汉代长城的遗迹。

秦始皇修长城是大家都知道的事。汉代为了防御匈奴继续修筑长城。明代也修了长城。不同时代的长城有自己的路线，因为防守的敌人和防守的重点不同。

我们在敦煌博物馆里能看到保留了两千多年的西汉"大苣"，可以把它理解为一束巨大的柴草，这就是玉门关等长城关口上用过的。发现了敌情，就拿这个点燃烽火，通过一个又一个烽火台传递消息，以便做出快速反应，扼制敌人。

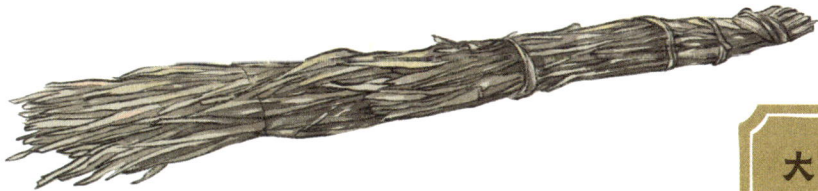

大苣

06

"松下问童子，言师采药去"，
师父采的是什么"药"？

商武丁卜骨

　　甲骨文里记录过商代人的各种疾病，几乎是从头到脚各个部位的生病状况都有。天津博物馆馆藏的这片甲骨上就记载了牙疼的事。人类的生存史就是和疾病的斗争史，古人在治病、养生的道路上，对"药"的认识越来越丰富、深刻，"采药"和"制药"也有相当多记载和研究，比如我们耳熟能详的《寻隐者不遇》。

出处：　　　　　松下问童子，言师采药去。
　　　　　　　　只在此山中，云深不知处。

　　　　　　　　　　　　　　　　　　——唐·贾岛《寻隐者不遇》

译文：　　　松树下，向童子询问隐士的下落，童子说师父去采药了。师父就在
这山里，藏身于浓厚的云雾之中。

一把枣就是药

　　殷商时期的甲骨文里记录了许多当时人们生活的实际情况。商代的人和我们现在的人一样，也免不了要生病。甲骨文记录了他们牙疼、肚子不舒服等的治疗情况。

　　为了治病，商代的人会采取一些措施。除了求神问卜，也免不了要寻医问药。那么距今三千多年的商代人生病了会吃什么药呢？甲骨文里记载，商王生了病，要用一把大枣来治。枣在这里就是药。商代的人会用植物的种子和果实当药。

　　有时候还把植物泡成酒，也就是药酒，他们认为这个可以治病。有一种药就是把草

木樨泡成药酒，治疗的时候需要一边喝这种药酒，一边吃肉。

贾岛诗里隐士去采的药，不太可能是这种治病的“药”。因为隐士身体没病，如果有病，就很难亲自到山上去采药了。

被带入墓中的长生不老药

药不一定都是用来治病的，也可能是为了满足其他追求。比如说，为了追求长生不老。

汉代的人为了追求长生不老，常服用“五石散”，五石散又叫“五色药石”，其实就是不同颜色的矿物质。五石散包括：绿松石、紫水晶、赭石、雄黄、硫黄。长期服用这些物质有可能药物中毒而死，还谈什么长生不老？

五石散曾经在一座墓里被发现。这座墓在广州，是西汉的南越王墓。五石散成了陪葬品，可见古人对长生不老的追求是至死不渝的。

话说回来，隐士隐居的山应该环境很好，近处不会有硫黄矿。硫黄的开采和加工对环境和人体都有影

响，加上这种矿物质的药加工不易，价格昂贵，也不太可能是隐士去采的"药"。

宋代的施药局

在中国历史上，宋代是一个高度发达的时代。一个时代的发达不仅体现在国家开疆拓土、经济富庶、文采风流上，还体现在这个社会对鳏寡孤独的关怀措施上。

南宋的都城在临安，就是今天的杭州。今天的杭州有一个南宋官窑博物馆，这里曾经是南宋朝廷专设的烧造瓷器的地方。在这个博物馆里不仅可以看到宋代的瓷器，还可以了解宋代的社会文明。

我们可以从博物馆的布展中了解到：宋代有专门的施药局，给生病而无钱医治的人施药；家里如果有幼儿，但是无力养育，政府有专门收养幼儿的慈幼局；贫苦没有依靠的人可以进入南宋政府开设的养济院；死了而没有人去收殓的人，有政府办的漏泽园收葬。

花神送的长生不老药

唐人谷神子的《博异志》收录了传奇《崔玄微》，这个故事也与不老药有关。崔玄微是一位隐士，应该就是和贾岛诗里写的这位隐士差不多。我们可以从他吃药的情况来推测贾岛写的那位隐士的情况。

崔玄微吃的是茯苓，并且吃了三十年。一次，他的药吃完了，要进山去采药。采完药，崔玄微就在洛阳城郊外一个废弃的园子住了下来。

一个春天的晚上，月明风清，崔玄微正在赏月。忽然来了十几个女子，请求在他的园子里会见一位老朋友，崔玄微答应了。于是就来了一位叫封十八姨的妇人。妇人和女子们一起，一边吃酒，一边唱歌。后来，一位穿红衣服的小姑娘给封十八姨敬酒时，封十八姨打翻了酒杯，把小姑娘的衣服弄脏了，大家争吵起来，不欢而散。

第二天晚上，这些女子又来了，她们请求崔玄微帮助，崔玄微答应了。于是这些女子请求崔玄微做一个红色的布幡，并在上面画上太阳、月亮和金、木、水、火、土五星。到了这个月的二十一日那天，还要到附近的宫苑里把这个布幡竖起来。

这也不难，于是崔玄微就照着做了。在他竖起布幡的那天，洛阳刮起了大风，到处飞沙走石，很多树木被折断，更别提花朵了。但是这个宫苑里的花却一点也没有受损。

过了几天，这些女子来感谢崔玄微。原来她们是宫苑里的树妖和花精，有杨树精、桃花精、李花精……那个穿红衣服的小姑娘正是石榴花精，而封十八姨则是风神。

树妖和花精也给崔玄微带了"药"。她们带了一些桃花、李花，告诉崔玄微，如果吃了这些花，就能延年益寿、青春永驻。她们希望崔玄微以后能一直帮助她们不受风神的侵犯。

07

"日照香炉生紫烟"里的"炉"到底是什么炉？

西汉错金铜博山炉

    汉代流行熏香。汉乐府诗《孔雀东南飞》里描写过熏香的使用方法。在刘兰芝和焦仲卿分别前，诗里描绘了刘兰芝精美华丽的日常用物及衣饰，其中有一句"红罗复斗帐，四角垂香囊"。"罗"是一种轻薄精致的丝织品，用红色的罗制成的形似覆斗的床帐，看起来像是一个帐篷一样，在这个斗帐的四个角上还要挂上香囊，这样就可以给床上的被褥枕头熏香了。用香囊和用博山炉熏香不同。香囊里面放置了香草、香药，取天然气味。博山炉则是取制作的香料，点燃后不但有香味飘出，而且烟雾缭绕如同仙境。

日照香炉生紫烟，遥看瀑布挂前川。

飞流直下三千尺，疑是银河落九天。

——唐·李白《望庐山瀑布》

译文：　　庐山香炉峰像一座顶天立地的香炉，在日光下幻化出一团团紫色的烟云。远望瀑布，瀑布似一条巨大的白练高挂于山川之间。那飞泻而下的瀑布像有几千尺，仿佛银河从天上落到人间。

古人怎样过冬天

无论是在古代还是今天，冬天最重要的事就是保暖。

在古代，冬天要穿得厚、铺得厚、盖得厚。贫寒的人家里一般用的是布、麻、丝絮之类的料子，到了冬天无非就是多加几层，多穿几件。富裕的人夏天有丝麻，冬天有皮草。过冬的衣服中，条件稍差点有羊皮，好的还有狐皮。

而有一种保暖方式从古至今一直存在，那就是烤火。想烤"火"，得先准备一个"炉"，然后在"炉"中生火。古代用的炉和我们现在的炉不一样。中国国家博物馆有一个春秋时期的"炉"，叫作"王子婴次炉"，是一个冬天取暖用的火盆，它的主人是春秋时期郑国的一位王子。

一直到清代，冬天烤火还是一种非常重要的取暖方式。故宫博物院里保存的《雍正行乐图》，其中就有一幅图描绘雍正皇帝冬天读书的场景。雍正坐在书斋里，拿着一本书，椅子前面放着一个三足火炉，里面的炭火在熊熊燃烧。

除了这种大炉子，还有拿在手里的小手炉。在清代的小说《红楼梦》里有不少关于手炉的场景，王熙凤、林黛玉都在冬天用过手炉。还有一回写到宝玉的丫鬟袭人往手炉里放了两个"梅花香饼"。这是一种掺入了香料的炭，可见古人用炭也非常讲究。

王子婴次炉

雍正三足火炉

手炉

宋代怎样过春节

"炉"在春节时有一个非常重要的作用，除夕夜人们要"围炉守岁"，就是一整夜不睡觉，围在火炉边进行各种娱乐活动，等待跨年。

古代人过年远远比我们现在热闹。在宋代，一进腊月大家就要忙起来，为过年做准备了。各地市场逐渐热闹，各种蔬菜、干果、甜食都很丰富。腊八节要喝腊八粥，就是用各种米和干果等配料煮的粥。一到腊月二十四，年味就越来越浓了。这时候集市上到处都卖门神、桃符等辞旧迎新的装饰。而且腊月里有很多消灾避邪、祈福求吉的活动，爆竹声飞，锣鼓喧天，显得特别热闹。

人们为迎接新年一直忙碌着，到了除夕这天，活动内容丰富，大家辞旧迎新，驱恶迎善，不管多忙，晚上都要"围炉守岁"，无论是平民百姓家还是官宦人家，都一样。

烤饼和蒸包子

炉还有一个重要作用就是制作美食。早在两千多年前的汉代，面食的种类就已经很丰富了。当时的面食都统称为"饼"，煮的面食叫"汤饼"，蒸的就叫"蒸饼"或"笼饼"。还有一种饼是放在炉子里烤制成的，叫作"炉饼"或者"烧饼"。

有一种小炉子叫"染炉"，就是一个小炭炉加一个小杯子。别误会，它不是用来放染料的，而是放调料的。小杯子里常常放着酱、盐等调料，用炉子加热后就可以食用了。冬天可以先把肉煮熟，再蘸着热调料吃。

香炉上的仙山

以上说的几种"炉"，都不是李白诗里的炉。李白在《望庐山瀑布》里说，"日照香炉生紫烟，遥看瀑布挂前川。"诗里说的"香炉"不是真的香炉，而是庐山的香炉峰。香炉峰在太阳的照耀下像是一个香炉，紫色的雾气如同香烟袅袅升起。

焚香，这是一个古老的传统。古人认为焚香可以让天上的神明感知自己的祈愿，所以作为焚香用具的香炉也就特别讲究。河北博物院的藏品"错金铜博山炉"就是一个非常珍贵的香炉，属于一个汉代的王侯。这个人就是《三国演义》里刘备的祖宗——西汉中山靖王刘胜。

这个香炉的形状很像一座山。仔细看，山上有各种神兽、虎、豹等，还有一些顽皮的小猴子。这些小猴子有的在山上，有的骑在别的野兽身上。这是一个充满了想象力的香炉，体现了古代人对美的追求。在古代人眼里，除了与神明沟通，香炉还有很多实用功能，如让居室环境充满沁人心脾的香气，给衣服熏香等。

08

"门泊东吴万里船"中的"船"是什么船?

　　水上交通是古老的交通方式,今天我们能在信阳博物馆看到三千五百年前的独木舟。这艘独木舟是早商时期的交通工具,是在河南省信阳市息县淮河西岸出土的。它用整棵的木头刳削而成。整艘船长 9.28 米,最宽的地方 0.78 米,高 0.6 米。有趣的是,武丁时期去世的妇好墓里的陪葬品还有商代的铜船锚。船锚一柱六钩,有一千克重,高 16.5 厘米。这一舟一锚正好相映成趣。而且甲骨文里还有"帆"字,样子非常像一面船帆。

出处： 两个黄鹂鸣翠柳，一行白鹭上青天。

窗含西岭千秋雪，门泊东吴万里船。

——唐·杜甫《绝句四首》（其三）

译文： 翠绿的柳树上有成对的黄莺在欢声啼鸣，蔚蓝的天空中有一群白鹭在自由飞翔。透过窗框，可以望见西岭上终年不化的白雪，看到门前停泊着往来东吴的客船。

最早的水上交通工具

杜甫在诗里说："窗含西岭千秋雪，门泊东吴万里船。"这是两句意境特别美的诗。推开窗户就能看到山，山上积雪终年不化，这样的美景就好像是镶嵌在窗子上的；门外的河里停泊着到东吴去的客船。在诗里能看出，船是很平常的水路交通工具了。

人类以船作为交通工具，究竟有多长的历史？早在六千多年前，生活在浙江地区的古人类已经能很熟练地把船作为水上交通工具了。河姆渡遗址出土了六支船桨，这说明当时的人们已经利用船进行水上交通活动了。船桨是用整块的木料制作的，上面还雕刻着花纹，既实用又精美。

最早的船应该叫作"舟"。用一整棵树的树干做船身，把中间挖空，人坐在里面，这就是最简单的独木舟。浙江地区也出土了七千多年前的独木舟实物。独木舟在很长时间里都是重要的水上交通工具，一直到春秋战国时期。一般的独木舟长度有四米左右，最长的一艘独木舟有十一米。

发生在船上的战争

古代战争不但有陆地作战，也有水上作战。出土文物上的图案为我们揭示了当时水上作战的真相，这当然是和船分不开的。

战国时期水战时，双方各自驾驶大船，船上有划桨的桨手，手拿矛、戈等长武器和弓箭的战士，还有击鼓助威的人。这时候桨手要全力划桨，向敌方靠近。等到双方的船相遇，两军就厮杀起来。双方都争着爬上敌方的甲板直接和敌人战斗。

三国时期的赤壁之战是一场著名的水战。但赤壁之战用的船就不是独木舟了，也不是普通小船。赤壁之战中获胜的东吴，在长江下游南岸，也就是前文提到的发现六七千年前"船"和"桨"的地区。东吴人民擅长制造船，在赤壁之战中所使用的船也不止一种。孙权自己乘坐的船是大型的"楼船"，甲板上面的建筑有五层楼高，船大得可以在上面跑马，一艘楼船能乘载士兵三千人。

水战的时候冲在最前面的船叫艨艟，是一种又瘦又长的船，速度快，便于进攻。这种船的船身和甲板还要包上生牛皮，这样可以有效抵御进攻。这种战船小而轻快，每艘可容纳几十上百人。赤壁之战的时候，东吴大都督周瑜就是派出几十艘艨艟，携带柴草和油脂冲入曹操水军中，然后放火烧船。

MEET ANCIENT POEMS IN MUSEUMS

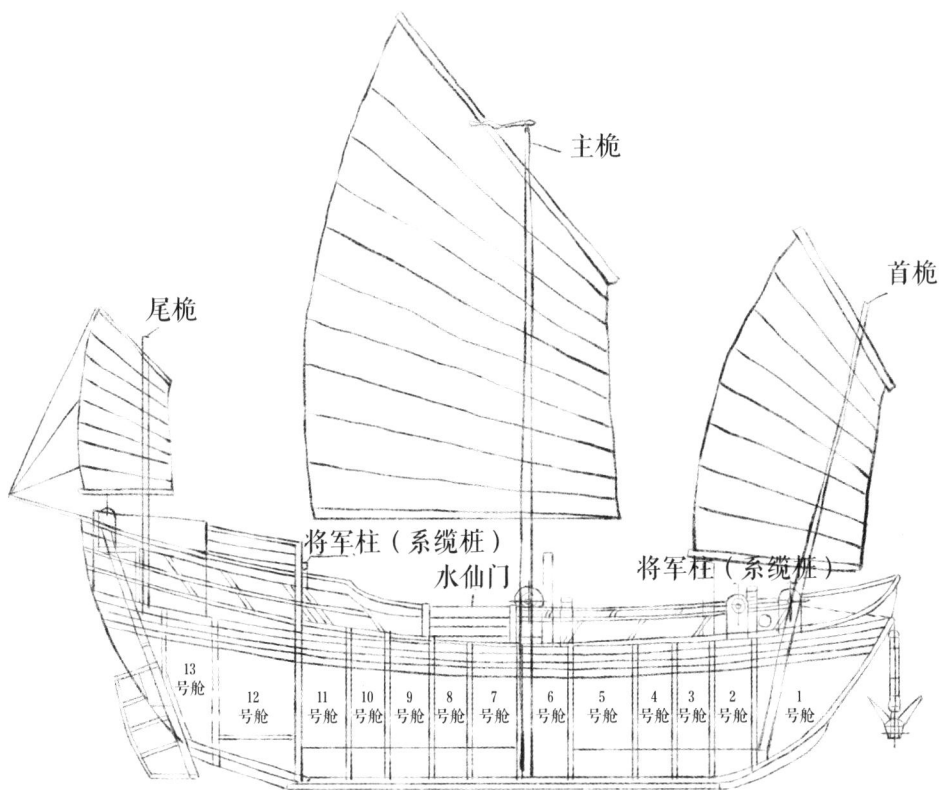

主桅

首桅

尾桅

将军柱（系缆桩）

水仙门

将军柱（系缆桩）

13号舱 12号舱 11号舱 10号舱 9号舱 8号舱 7号舱 6号舱 5号舱 4号舱 3号舱 2号舱 1号舱

小贴士

"华光礁I号"复原模型

　　这是一艘满载货物的南宋商船，航行到西沙群岛华光礁时不幸沉没。它是我国目前在远海发现的第一艘古代船体，是南宋时期中国海外贸易的重要遗存之一。这艘船凝结了中国古代造船技术的智慧结晶，船体和船载货物也包含了丰富的文物信息和历史故事。

游船上独特的风景

在船上，人有时候会看到独特的风景。

明末清初著名的文学家张岱，他住在杭州西湖边上。有一年冬天，下了大雪，而且连着下了好几天。雪中的西湖是极美的，张岱就趁这个时候乘船下湖。

张岱乘的船是一条小舟。那时的天气特别冷，湖上就更冷了。他穿了皮毛衣服，船上还有一个小火炉。湖面上结了冰花，弥漫着白色的雾。"天与云与山与水，上下一白。"从西湖到远处的山，一直到天边，全都是白茫茫一片。整个西湖一个人也没有，甚至连一只鸟都没有飞过来的。

张岱到了西湖中心的一个亭子里。居然看到亭子里有人，也是两个来赏雪的人。他们正铺好了毡子坐下来。他们也带了火炉，在炉上把酒烫热了喝。看到张岱，这两个人非常高兴，没想到这大雪天还有来赏雪的人，于是就邀请张岱一起喝酒。张岱和他们一起喝了三大杯。原来这两个人是来旅游的，没想到遇上西湖大雪这样的美景，而且遇上了像张岱这样同样雪中游西湖的人。张岱记录此情此景的《湖心亭看雪》，是流传至今的名篇。

巨轮下西洋

杜甫诗里说的船仅仅是在国内的河道进行水路运输，其实早在宋代我们就可以造大船出海了。福建泉州港出土过宋代的海船。宋代的海船是全木制的，测算后发现其中的一艘大船有三十米长，甲板有十米宽，排水量可以达到四百五十四吨。而且这还不算是宋代最大的海船。

郑和下西洋是中国古代航海史上的壮举。郑和在明代永乐年间先后七次率领船队下西洋。船队有几十艘船舶，其中最大的宝船比宋代的海船更大了，一艘船长一百五十米，宽六十一米，排水量可达到三万吨左右。

09

"停车坐爱枫林晚"，
杜牧乘坐的是什么"车"？

唐三彩牛车

　　杜牧的《山行》写出一副动人的秋色图。按当时情况来说，杜牧生活的朝代，但凡要出行，最高档也最流行的交通工具是马。无论男女，都以骑马出行为荣。在著名的《虢国夫人游春图》里，所有人，无论男女，全都骑马。

　　但杜牧说"停车坐爱枫林晚"，他出行时不是骑马，而是乘车。如果杜牧是乘车出行的，那么有可能乘的是一辆牛车。在唐朝，牛车非常盛行，甚至政府部门的公务用车是牛车，贵妇出行也用牛车。所以，杜牧乘着一辆一头牛拉着的小车，在秋天的某一天，登上寒山，欣赏秋色，是很有可能的。

出处：　　　　远上寒山石径斜，白云生处有人家。
　　　　　　　停车坐爱枫林晚，霜叶红于二月花。

——唐·杜牧《山行》

译文：　　　蜿蜒曲折的小道一直通向白云飘荡的高山深处，烟雾缭绕的地方有几户人家。黄昏时分，只因喜爱那傍晚时的枫林而停下车来。那积满寒霜的枫叶，比二月里的春花还要红艳。

好车要配好"司机"

在神话故事里，有一位非常厉害的女神，叫作西王母。那么有没有人见过这位女神呢？有的。早在三千年前，有一位国王，他乘坐一辆有八匹马拉着的马车，一路飞奔，到达了西方，在瑶池见到了西王母。

这位国王是真实存在的，他是西周时期的周穆王。在中国国家博物馆里可以看到周穆王时期的青铜器。其实传说里的西王母也是真实的，她是古代西域的一位女首领。周穆王靠着一辆八匹马拉的马车从长安到达西域。西王母热情款待了这位中原王朝的天子，举行了宴会，和周穆王两个人互相敬酒唱歌。西王母祝福周穆王健康长寿，周穆王也祝西王母的部落能万民安乐。

在这次短暂的会晤后，周穆王忽然收到了周王朝送来的消息，有敌人趁国君不在都城，便来偷袭。周穆王需要马上回到国都。这时候周穆王的"司机"展现了高超的车技。周穆王的"司机"叫赵造父，他驾着车以一日千里的速度送周穆王回到都城，然后打败了敌人。赵造父就是战国时期赵国的远祖。

究竟需要几匹马来拉一辆车

有句话说，"一言既出，驷马难追"。这句话的意思是，说出口的话一定要算数，不能说了不算。"驷"又是什么意思呢？"驷"就是四匹马拉的车。先秦时期，大部分的车都是四匹马拉的。无论是出行的车，还是作战的车，都以四匹马拉的车为主。在这四匹马里，中间的两匹马是主力，两侧的两匹马是负责方向的。

在出行和作战都要靠车的年代，一辆好车是非常有吸引力的。贵族都有自己出行时用的车，但是像战车这种重要的战略物资就不是归属于个人的。战车平时都保存在太庙里，只有打仗的时候才会拿出来分给大家。

有一次，郑国要打仗，在太庙里分发车辆的时候，两个大臣看中了同一辆车，其中一个先下手，把车直接拉走了，另一个晚了一步，便怀恨在心，公报私仇，在作战过程中用箭把先抢到车的大臣射死了。

说车是四匹马拉的，不代表只有四匹马拉的车。2006 年，洛阳发现了一个东周时期的车马坑，有一辆由六匹马来拉的车。这可不是普通贵族用的车，而是东周时期天子用的车。

有的车，很特别

有的车用来出行，有的车用来作战，但有的车就比较特别了。

东晋永和年间，也就是王羲之写《兰亭集序》的年代，有位姓周的男子。他多年求官不成，有点心灰意冷，就打算从都城回老家。于是小周踏上了回乡之路。

有一天晚上，小周走到了一个前不着村，后不着店的地方，无处投宿。小周很着急。正在这时候，他忽然发现有一个新建的院子，里面有茅草屋，于是赶紧去敲门，请求借住一晚上。开门的是一个十六七岁的小姑娘，她看到小周很惊讶，但还是同意小周留宿了。

那天晚上，小周睡到半夜，忽然听到外面有人在说话。小周迷迷糊糊听到有人提到"阿香"。又听到那人说："阿香，上官让你快去推雷车。"小周听到给他开门的那个小姑娘答应着出门去了。

没一会儿工夫，外面就打起雷来，雷声阵阵，接着就是大雨倾盆，一直到黎明时雷雨才停。小周这才意识到，这个阿香一定不是个凡人。

原来，这个阿香是天上负责打雷的，打雷的方式就是靠推车。这车也不是凡间普通的车，而是雷车。

走过历史的牛车

牛能负重，但是行动慢，早期的牛车是用来载货的，不是人乘坐的。汉代就有了牛车，但当时以马车为尊，牛车的地位是低贱的。从十六国以来，牛车渐渐成为主流。这个时期的陶俑、壁画记录了很多以牛车为交通工具的场景。而且高级的牛车是封闭的，里面空间很大，还可以设座席或是一些简单小件家具，无论是坐着还是躺着，都十分舒服。南北朝时期，牛车成为高门士族的时髦交通工具。牛车又慢又安稳，可以体现这些高门士族的闲散恬淡。尤其在南朝，高门贵女出门乘牛车，皇宫里都养牛。直到南宋，牛车式微，唯有妇女使用。

10

《马诗》里马披的饰品"金络脑"是什么？

唐三彩蓝釉白斑马

唐代男子在隆重的场合都骑马。唐代的马具与马饰体系庞大，而且制作得精致美观。诗里说"金络脑"是形容器物的华丽。"络脑"又叫"络头"，它不是装饰，而是有实际作用的马具，也是最早被正式使用的马具。络头的作用是在马的头部做约束，好方便对马的控制。"络头"是一套马具，不是单件。完整的络头包括：项带、额带、鼻带、咽带、颊带。唐代也会在络头上点缀一些装饰物，比如金杏叶、小金花等。

出处：　　　　大漠沙如雪，燕山月似钩。

　　　　　　　何当金络脑，快走踏清秋。

　　　　　　　　　　　　　——唐·李贺《马诗二十三首》（其五）

译文：　　连绵的燕山山岭上，一弯明月当空。平沙万里，在月光下像铺上了
一层白皑皑的霜雪。什么时候才能披上威武的鞍具，在秋高气爽的疆场
上驰骋，建立功勋呢？

国家的强大可以用马来衡量

在古代，马是非常重要的战略物资。春秋时期，衡量一个国家是不是大国，要看它养得起多少匹马。作战的战车每一辆需要四匹马来拉，如果能养得起四千匹马，可以拉一千辆战车，这个国家的实力就很雄厚了。更强大的国家甚至养得起几千辆战车，那就需要上万匹马了。

《诗经》里有一首诗描述了一个国家养马的情况。这首诗是写春秋时期鲁国的一个国君，继承祖业后，非常想把国家治

理好，让国家强盛起来。该怎么办呢？在当时，养马就是一件很重要的事。于是这个国君就开始养马，这些马被养得雄健高大。诗中还有对这些马的名称和毛色的详细描写，以及诗人对它们拉车奔驰于原野上的样子的想象。这些描写，本身就是春秋时期国家强盛的体现。

一匹小马的成年礼

中国国家博物馆的展厅里也有一匹"马"，它实际上是个盛酒器，外形是一匹马的样子，叫作"驹尊"。这是一个西周时期的青铜器。在当时，不但诸侯国要养马，天子也养马。秦始皇的祖先在周朝原本不是诸侯，就因为给天子养马养得好，才被封为诸侯。

周天子非常爱惜自己的马。他的马有专人负责喂养：给马调配饮食，让它们吃好喝好。马生了病，还有专门给马治病的医生。在喂养过程中，还要不断地观察这些马，看看谁更适合做更高级的工作，比如，给周天子拉车。

满了两岁后，那些被选中的小马要举行成年礼。

仪式由周天子亲自主持，小马会被套上马具，成为天子专用的拉车的马。

马的饰品也很多

在古代，一匹马身上会有很多饰品。这些饰品有的具有实用功能，比如含在马嘴里的一个小链条——马嚼子，可以用来控制马的行动，是两个环连在一起的；也有起装饰作用的，比如马冠，就像给人戴帽子一样，这是戴在马头上的装饰。这个马冠上一般雕刻狰狞的兽面，显得马很威武。

在唐朝之前，乘车是流行的风尚。到了唐朝，骑马渐渐成了时尚，不管男女都骑马，所以更显出好马的重要性了。好马就要配好的饰品，唐代的马饰简直到了完美的程度。不仅种类齐全，用的材质也特别珍贵。比如装饰在马胸前的饰品，有的做成了叶片形状，叶片有黄金的，也有银的，上面还镶嵌了一颗珠子，珠子的材质可以是水晶，可以是琥珀，也可以是玛瑙。

MEET ANCIENT POEMS IN MUSEUMS

什么马才能配这样的饰品

唐玄宗有一匹特别珍爱的宝马，这是一匹大宛国进献的汗血宝马。大宛国专门出产宝马。早在汉朝，汉武帝就想得到大宛国的宝马。汉武帝令人用黄金铸马，让使臣带着这匹金马和一千金到大宛国换一匹真的大宛宝马，但是被大宛国拒绝了。

到了唐代，不等唐玄宗要求，大宛国王就给大唐皇帝进献了宝马。唐玄宗得到的汗血宝马是大宛国的特产，号称"天马"，出的汗像血一样。汗血马号称能日行千里。唐玄宗非常喜欢这匹马。这匹马的马色是白的，而且特别白，白得发亮，于是唐玄宗给它起名叫"照夜白"，意思就是说马的毛色能把黑夜照亮。唐玄宗还让一个叫韩幹的画家把这匹马的样子画下来，这幅画就叫作《照夜白图》。画上的照夜白正在仰天长啸，看起来桀骜不驯。

李贺诗里说"何当金络脑"，"络脑"是一种马具，就是络头，是套在马头上控制马的。"金络脑"就是金子做的络头。大概也只有照夜白这样名贵的马才配得上黄金制作的络头吧。

11

"遥望洞庭山水翠"，古人怎样追求山水之乐？

故宫禊赏亭

　　天下第一行书《兰亭集序》是一部诗集的序言。这部诗集是东晋永和九年一次名士修禊［xiū xì，古时习俗，夏历三月上旬的巳日（魏以后固定为三月三日）到水边祈福、嬉游，以消除不祥］雅集的成果。这次雅集选在春和景明的日子，地点在绍兴城外山清水秀的地方。这次雅集因为有了《兰亭集序》而流传千古，为后来的历代文人所效仿。乾隆皇帝自诩是个读书人，也免不了羡慕。乾隆皇帝在位六十年，想着自己归政后也能过上修禊兰亭、亲近山水这样悠闲快意的日子，于是在紫禁城里修了禊赏亭。诗词文章、绘画建筑……古人对山水的热爱赞美与对"山水之乐"的追寻，从来没有停止过。

出处：　　　湖光秋月两相和，潭面无风镜未磨。
　　　　　　遥望洞庭山水翠，白银盘里一青螺。

——唐·刘禹锡《望洞庭》

译文：　　　秋夜皎皎明月下的洞庭湖水澄澈空明，迷蒙的湖面宛如未经磨拭的
　　　　铜镜。在皓月银辉之下，洞庭山水愈显青翠，望去如同一只银盘里放了一
　　　　颗小巧玲珑的青螺。

著名书法作品写了一个游戏

　　著名的东晋书法家王羲之流传千古的名作《兰亭集序》写的其实是当时的一种游戏"曲水流觞"。

　　每年春天，人们都要到水边痛痛快快地洗个澡，好好地玩一玩，认为这样可以去除不祥，获得福气。这是因为冬天太寒冷，不适合外出活动，等到了春暖花开的时候，古人就出来踏青，游山玩水。

　　王羲之和他的朋友们在山水间喝酒作诗，玩的游戏是这样的：大家都分散坐在山间的溪边，拿一个酒杯盛满酒，然后把酒杯

放进溪里，让酒杯顺流而下。酒杯在谁的面前停下来，谁就拿起酒杯把酒喝了。这是一种非常文雅又有趣的娱乐。

王羲之和朋友们玩游戏的地点在今天的绍兴城外，是个山清水秀的地方。这次娱乐活动随着王羲之写的《兰亭集序》一起流传于后世。到了明代的时候，书画家文徵明把这个场景绘成了一幅画，叫作《兰亭修禊图》，现收藏在故宫博物院。

到了清代，附庸风雅的乾隆皇帝在紫禁城里修建了禊赏亭，并在亭子里凿出弯弯曲曲的小溪的形状——因为紫禁城里没有真山真水。禊赏亭位于故宫东路的宁寿宫花园。宁寿宫花园是故宫里一个独立的园林，是乾隆皇帝为自己准备的养老之地，既有山石花木，又有亭台楼阁；既有皇家园林富丽繁华的气派，又有江南园林的玲珑精巧。

最宏大的山水

"山水"是艺术家创作的永恒主题，有一种画的种类就叫"山水画"。故宫博物院里有一幅很特别的山水画，叫作《千里江山图》，这幅画的主题就是"山"和"水"，主色调是青色和绿色，所以叫"青绿山水"。所用颜料都是从珍贵的矿石里提取来的。青色从青金石里提取，绿色从孔雀石里提取。这幅画到现在已经有一千多年的历史。

《千里江山图》一共有十多米长，上面画的山和水一点都不单调重复。北宋的皇帝宋徽宗是一个擅长书画的人，他非常喜欢这幅画。而这幅画的创作者正是宋徽宗的学生——十八岁的少年王希孟。

宋徽宗不但善于教人画山水，而且还非常善于创造山水，他曾经以山水为主题创作过园林。

颐和园是怎么来的

宋徽宗是没有山水创作山水，清代的乾隆皇帝则是善于利用山水创作山水。

乾隆皇帝曾经六次离开北京的紫禁城到江南去。他很喜欢江南的山水，但是他又不能总是待在江南不回京城。后来，乾隆皇帝在北京发现有一个地方群山连绵、湖泊众多，和江南的山水很像，于是乾隆皇帝就决定在这儿造个园林，把这些真山真水都圈进自己的园林里。

这个园子造好了，里面以一山一水为主。这座山叫"万寿山"，这水叫"昆明湖"。后来这座园林被烧毁了。

慈禧太后又下令重新修了这座园林，仍然以这一山一水为主。清朝灭亡了，但这座园林留了下来。今天，

这座园林成为北京的旅游景点，就是大家都知道的"颐和园"。颐和园里的万寿山和昆明湖是真山真水，也是建造园林的时候经过人工整理的山水。

洞庭湖和君山

在唐代诗人刘禹锡的诗里，"洞庭湖"是一个大泽，在古代号称有方圆八百里。洞庭湖里有一个岛，叫"君山"。刘禹锡诗里说的意思是，当风平浪静、天气晴好的时候，洞庭湖的水面一丝波纹都没有，就像一面镜子。如果把洞庭湖比喻为一个白色的银盘，湖里的君山岛就像放在白银盘里的一枚青螺。

传说舜曾经在自己当帝王的时候到南方巡视。他忙得顾不上回家。他的两个妻子娥皇和女英因为丈夫久久不回家，就一路去寻找他。当她们找到洞庭湖的时候，消息传来了，在外面巡视的舜已经去世。娥皇和女英非常悲伤，忍不住哭泣。她们的眼泪落在竹子上，竹子上留下了泪痕，这种竹子就叫斑竹。君山上就长着斑竹，斑竹可以用来制作折扇。娥皇和女英因为过于伤心也去世了，她们被安葬在洞庭湖里的君山上。

12

《送杜少府之任蜀州》里
王勃在哪儿送别友人？是怎么送别的？

乌杨石阙

　　古代宫室大门前立"阙"。"阙"也叫"象魏""门观"。"象魏"是官府门前张贴布告和悬挂法令的地方。《周礼》记载正月"乃县刑象之法于象魏，使万民观刑象"。"阙"叫"门观"，因为可以从上观望，是可以登高望远的高层建筑。"观"这种高层建筑一般建在庭院里，阙是建在宫殿大门外的，所以叫"门观"，也可以标明宫殿主人的身份地位。秦汉时期，"阙"更是表示身份等级的重要标志。

出处：　城阙辅三秦，风烟望五津。与君离别意，同是宦游人。
海内存知己，天涯若比邻。无为在歧路，儿女共沾巾。

——唐·王勃《送杜少府之任蜀州》

译文：　长安被三秦护持，自长安遥望蜀州，视线被迷蒙的风烟所遮。我和你同样远离故土，在这离别之时，彼此的心情自然能够理解。只要两个人是知己，即使远在天涯海角，也像近邻一样。大丈夫志在四方，不要像小儿女那样，分别时哭哭啼啼。

"别人家的孩子" 王勃

唐朝初年有一位非常有名的文学家，名叫王勃。王勃是典型的"别人家的孩子"，小时候就特别聪明，六岁能作诗，而且不是顺口溜那种，是构思巧妙、文气豪迈的诗。少年王勃饱读诗书，十六岁就中了科举。

但是王勃的仕途并不顺利。本来唐高宗看了王勃的文章，非常欣赏他的才华，再看到王勃还是个未成年的少年，连连感叹他是神童，认为王勃是大唐的奇才。但是王勃的才华用错了地方。唐高宗的两个儿子玩斗鸡，王勃特意写了一篇关于斗鸡的文章来为此助兴。这篇文章遭人讥笑，王勃的命运也因此改变。唐高宗知道这事后非常生气。在他看来，本来自己两个儿子不务正业，王勃这样的人居然还写文章挑拨离间。于是唐高宗把王勃驱逐出都城长安，王勃的仕途从此以后一直没有上升通道，在郁郁不得志中，年仅二十六岁的王勃因为溺水受惊而死。

送别友人

《送杜少府之任蜀州》是王勃写的一首送别诗。王勃有一个朋友要从长安出发，到四川当官。按照古代送别的形式，王勃把友人送到长安城外。

送别的地点在长安，因为诗里说了"城阙辅三秦"。"三秦"我们现在用它来泛指陕西。在当时，三秦可以作为关中地区的代称。"关中"从今天的角度来看，就是陕西省的中部，以西安、咸阳为中心，北到铜川，西到宝鸡的这一片区域。王勃的朋友得到任命，正是从长安出发，目的地在成都附近，这在古代是很遥远的一段路程。路上还要从岷江走水路，岷江水流湍急，很艰险。王勃深知这一段路途不好走，他似乎看到了这一路的烟尘滚滚、雾气茫茫，所以替朋友担忧，感叹"风烟望五津"。"五津"是指岷江上的五个渡口，这里已经接近朋友要到达的终点。

王勃很舍不得朋友离开，但他心里又明白，大家总要走自己的路。他鼓励朋友说，就算走遍天涯海角，路途遥远，朋友的情谊让他们就像一直在一起一样。如果想要有所作为，就要赶紧踏上前程，不要像没出息的小儿女一样在这儿哭哭啼啼，把眼泪流得到处都是。

"阙"是什么

在古代，官府发布政令法规需要张贴布告、悬挂法令，需要一个固定的地方。原本布告就悬在官府门前两座独立的建筑上，时间长了，这两个建筑"阙"就成为代表主人身份地位的象征。

据记载，秦始皇在建立秦朝后曾经修建阿房宫，遗址就在现在的西安。据说阿房宫规模超大，一直到终南山，以终南山作为殿前的"阙"。这个阙不但象征身份，而且很有气势。

汉武帝的建章宫前也有阙，这个就华丽多了。建章宫的阙有二十五丈高，上面还立着凤凰，叫作"凤阙"。

现在我们可以看到汉代留下来的阙，是石刻的。重庆中国三峡博物馆的大堂里就立着一对石阙，有五米多高。不了解情况的游客以为这是仿造的，其实不是，这是真正的汉魏时期留下来的阙。

阙可以用在宫殿前、宅第前、陵墓前、寺庙前……应用范围很广。王勃的诗里说"城阙辅三秦"，这就是说在长安城的城门外也有阙，王勃就在城门外的阙这里送别朋友。

我们能看到的阙

今天我们到北京的故宫博物院旅游，要先进入午门，进了午门才算是真正进入了故宫。午门是故宫的正门，两边连接着宫墙。

午门是中间一座门，两边各有一幢阙楼。这两边的两幢阙楼就像展开的翅膀，因此叫作雁翅楼。午门的阙，就是我们现在能看到的、皇家宫殿建筑的阙的实物。

但比较特殊的一点是，原来的建筑都是门是门、阙是阙，阙在门外，各自独立。但午门中间是门，两边是阙，是连在一起的。

13

"王谢"为什么穿"乌衣"？

东晋陶牛车及俑群

1970 年，南京东北郊的象山七号东晋大墓出土了一组精美的文物，由陶车、陶牛和陶俑组成，再现了当时豪门贵族出行时前呼后拥的场景。特别的是，象山是东晋豪族王氏家族的族墓地，这个"王氏"就是唐朝著名诗人刘禹锡名诗《乌衣巷》中提到的"王谢"中的"王"。

如今到南京旅游的时候，你能在秦淮河边看到一个景点叫"乌衣巷"，传说这是"王谢"这样的世家大族聚集居住的地方。

出处：　　　朱雀桥边野草花，乌衣巷口夕阳斜。

旧时王谢堂前燕，飞入寻常百姓家。

——唐·刘禹锡《乌衣巷》

译文：　　　朱雀桥边长满了野草花，乌衣巷口又见夕阳西下。当年王、谢家堂前飞舞的燕子，如今飞入了寻常百姓的家。

"王谢"是谁

东晋有一位才女叫谢道韫，她祖籍陈郡，所以人们又叫她"陈郡谢氏"。谢道韫自幼饱读诗书，并且善于写诗。谢道韫小时候，有一次下了一场大雪，她正和家里的兄弟姐妹在一起赏雪。这时，谢道韫的叔叔给大家提了一个问题："用什么来比喻纷纷扬扬的白雪？"谢道韫的一个兄弟抢着说："就像空中撒盐一样（撒盐空中差可拟）。"等问到谢道韫时，她说："更像被风吹起的柳絮（未若柳絮因风起）。"叔叔对谢道韫大加赞赏。这个比喻特别有名，从此以后，人们就用"咏絮之才"来形容女子非常有才华。

谢道韫的这位叔叔就是东晋宰相谢安。王羲之写的《兰亭集序》描述了一次在绍兴城外的春游活动，参加这次活动的就有谢安。谢道韫长大后，嫁给了王羲之的儿子。

曹魏时以九品中正制选官，士族豪门逐渐把持了入仕的门径，琅琊王氏也在这时期发展起来。王导是王羲之的族叔。王羲之、王导的家族"王氏"跟谢安、谢道韫的"谢氏"合称为"王谢"。王、谢是东晋两个顶级的世家大族。

"王谢"为什么穿"乌衣"

"乌衣"在古代本来不是权贵的衣服，而是贫贱者的衣服。三国时期，东吴曾经以今天的南京作为都城，乌衣巷原本是东吴的军营，因士兵都穿着黑色麻衣，这个地方又叫作"乌衣营"。东吴和东晋的都城都在今天的南京。东吴原来的乌衣营变成了"王谢"等大族居住的地方。这些世家大族喜欢穿黑色衣服，慢慢地，"乌衣"成为一种身份的象征，这个地方也被叫作"乌衣巷"。

衣服的作用

在原始社会，人类最早是没有衣服可穿的，只是把一些树枝、树叶挂在身上用来遮蔽身体。到了冬天天冷的时候，就把猎获的兽皮围在身上保暖。随着社会的发展，衣服的作用不再只是遮蔽身体和保暖了。穿衣服以及穿对的衣服，成为一种必要的礼仪。

三国时期，有一个很狂傲的名士叫祢衡。祢衡非常有才华。正因为这样，祢衡一向看不起别人。不但看不起，而且对人非常没有礼貌。

有人看重祢衡的才华，把他推荐给曹操。然而祢衡打心眼儿里看不上曹操，经常在曹操面前口出狂言。曹操虽然非常不喜欢祢衡这个脾气，但因为他的才华还是容忍了。

曹操让祢衡做一个低贱的鼓吏，在宴会的时候负责击鼓。有一次，曹操大宴宾客，让所有的鼓吏出来击鼓助兴。别人都换好了鼓吏穿的衣服，只有祢衡不换。有人呵斥祢衡，让他换衣服。祢衡就当着曹操和大家的面，把自己的衣服都脱掉，赤身裸体击鼓。祢衡自始至终没有一点羞愧的神色。曹操说："本来我是想羞辱祢衡，没想到被他羞辱了。"

在"王谢"的时代还有什么衣服

　　有一幅东晋的名画《女史箴图》，画上的人物无论男女，穿的都是宽大的长袍，袖子也很宽。这是东晋时期贵族的服饰和形象。

　　但是在东晋之后的南北朝时期，衣着服饰的风格发生了很大变化。北方的游牧民族穿的都是便于行动

女史箴图
（局部）

的衣服，这种风格渐渐成为主流。当时流行的衣服是上、下两件的套装。上衣的衣身很短，袖子既有袖口很宽的大袖，也有袖口窄的小袖。裤子都是"喇叭裤"，这样非常便于行动。

'14

"把酒问青天"的苏东坡为什么叫"东坡"？

青玉苏轼游赤壁山子

在"千古风流人物：故宫博物院藏苏轼主题书画特展"中，展出了一件清代乾隆皇帝的玉雕——青玉苏轼游赤壁山子，上面的图案是苏轼坐着小船荡漾在碧波上，旁边是陡峭的山崖。这个场景叫"苏轼游赤壁"。因为苏轼写过两篇游览赤壁的文章，玉雕是根据文章里的场景创作的，他游览的赤壁就在今天的湖北省黄冈市。乾隆皇帝想必很喜欢这件玉雕，还特地写诗刻在上面。

苏轼号东坡，他脍炙人口的名篇不止有《赤壁赋》和《后赤壁赋》，还有每到中秋节一定会被提起的《水调歌头·明月几时有》。他可能是中国人心目中最可爱的古人之一。

出处： 　明月几时有？把酒问青天……人有悲欢离合，月有阴晴圆缺，此事古
难全。但愿人长久，千里共婵娟。

——宋·苏轼《水调歌头·明月几时有》（节选）

译文： 　我拿着酒杯向青天询问：天上的明月是什么时候就有的呢？……人世
的悲欢离合就如月亮的阴晴圆缺，是无法避免的事情。只要亲友平安健康，
即使远隔千里，也能够共享那美好的月色。

一门三学士

　　写文章是很多人都头疼的事，但苏东坡
肯定不在其中。苏东坡不但写文章不头疼，
而且算是从古至今文章写得最好的人之一。
苏家不但苏东坡文章写得好，难得的是，苏
东坡的弟弟文章写得也好；不但苏东坡的弟
弟文章写得好，苏东坡的父亲文章也写得妤。

　　这三个人写文章好到什么程度呢？在中
国文学史上，从唐代到宋代，这两个朝代有
八个人特别会写文章。他们写的文章立意鲜
明、情感真实、用词精到。这八个人被合称

为"唐宋八大家"，他们的作品代表了唐宋散文最顶尖的水平。在这八个席位中，有三个被苏东坡父子三人夺得，可见他们的写作水平有多高。苏东坡和他的父亲苏洵，弟弟苏辙，合称"三苏"。

今天，在四川省眉山市还可以看到纪念这父子三人的"三苏祠"，"三苏"的老家就在这里。

为什么叫他"东坡"

古人有"姓"，还有"名"。比如苏东坡，他姓"苏"，名"轼"。在古代，一个人的大名是很严肃的，只有在正式场合，君主、长辈才称呼他们的大名。平时的社会交往中，人们更常称呼一个人的"字"。比如苏轼，他的字是"子瞻"，所以日常生活里朋友、同僚就叫他"苏子瞻"。还有人会给自己起一个"号"，这个"号"就较为随意了，有点类似我们现在的"网名"。比如苏东坡，他的号就是"东坡"，这是他自己起的。

苏东坡为什么给自己起个号叫"东坡"呢？

他被贬官到黄州（位于今天湖北省黄冈市）后，生活很困苦，甚至到了忍饥挨饿的程度。有个朋友送给苏东坡一块荒地，在这块高低不平的荒地的东边有个小山坡，苏东坡在这儿盖了个草房居住，还给这个房子题写了一个匾额叫"东坡雪堂"。从此以后，他就自称"东坡"，后世人也都叫他"苏东坡"。

《核舟记》错了

明代名篇《核舟记》描写了一件微雕作品，这件作品刻画的场景也是苏东坡泛舟赤壁。文章里说船上有三个人，苏东坡在中间，黄庭坚在他左边，佛印和尚居右。

苏东坡泛舟赤壁是在他任职黄州期间，元丰八年（1085年）之前。苏东坡和黄庭坚的关系是神交。一直到元丰八年苏轼回京，二人才作为朋友初次见面。苏东坡泛舟赤壁时，他和黄庭坚身处天南海北：苏东坡在湖北当黄州团练副使，黄庭坚先是在北京大名府任国子监教育，后来调江西泰和县任一县之长。元丰八年，苏东坡和黄庭坚回京任职。苏学士回来后升翰林学士，黄庭坚任秘书省校书郎，也能称"学士"了，从此两位学士就成了真正的挚交好友。

所以苏东坡泛舟赤壁的时候，船上是不可能有黄庭坚的。

他是什么样的苏东坡

苏东坡深受大家喜爱，不仅仅是因为他诗词文章写得好，还有一个很重要的原因是苏东坡为人特别洒脱乐观。不管身处何种困境，他总能乐观面对。

被贬官到黄州，苏东坡就和全家一起努力开垦荒地，自己耕种，勉强收获一些粮食度日。要是换了别人，在这种环境里，连饭都吃不上，怎么还能保持乐观？但是苏东坡就不一样。

苏东坡一家在这块地上收获了一些大麦，这时候家里也断粮了，只能吃这些大麦。大麦是粗粮，吃起来口感并不好。苏东坡一家把这些大麦简单地去了壳，蒸成麦饭。孩子说这吃起来感觉像嚼虱子。可是没办法，总不能饿死，还是得吃。于是苏东坡就和妻子想了个办法，把大麦饭重新用开水泡一泡，希望让它软一点，口感好一点。但没想到泡完之后饭变酸了，还是不好吃。苏东坡开玩笑说，吃这个麦饭感受到了西北村落的气味。

再后来，苏东坡又想了一个办法，把红豆和大麦掺在一起蒸，这次终于好一点了。苏东坡和他的妻子又开玩笑说，这是新款的"二红饭"——因为大麦和红豆都颜色发红。

苏东坡一家人都能在困境中不怕困难，自得其乐。

东坡肉

东坡二红饭

MEET ANCIENT POEMS IN MUSEUMS

"婵娟"是什么

苏东坡《水调歌头·明月几时有》这首词写于中秋节。中秋节是一家人团圆的日子,但是苏东坡没能和家人团聚。这首词是东坡写给亲人的,就是写给他想念的弟弟。

中秋节的主题当然是月亮,词里也处处提到月亮,例如"明月几时有",以及高处的"琼楼玉宇""月有阴晴圆缺"。

这首词最后一句"但愿人长久,千里共婵娟",意思是说,兄弟二人虽然不能长久在一地,但欣慰的是面对着同一个月亮。"婵娟"在这里就是指代月亮。用"婵娟"指代月亮,避免了这首词里太多地方提到月亮的重复感,而且增加了韵律和美感。

15

"醉里挑灯看剑",看的是什么"剑"?

越王勾践剑

　　剑是当之无愧的冷兵器之王。辛弃疾写"醉里挑灯看剑",剑不但是随身佩戴的兵器,更寄托着作者想要收复故土、杀敌报国的理想。

　　我们今天能在博物馆里看到的最传奇的剑,就是春秋时期霸主越王勾践亲自使用的剑。越王勾践剑号称"天下第一剑",这把两千五百年前的青铜剑在今天还特别锋利,没有锈迹。它刚出土的时候,人们试着用剑去划厚厚的一沓纸,越王勾践剑一下子就划破二十六张,比当时新制造出来的刀剑划破的纸张还多。

出处：　　　醉里挑灯看剑，梦回吹角连营。八百里分麾下炙，五十弦翻塞外声，沙场秋点兵。

　　　　　　马作的卢飞快，弓如霹雳弦惊。了却君王天下事，赢得生前身后名。可怜白发生。

——宋·辛弃疾《破阵子·为陈同甫赋壮词以寄》

译文：　　　醉梦里挑亮油灯看剑，梦中回到了当年的营中，号角声接连响起。把烤肉分给部下，乐队演奏塞外歌曲。这是秋天在战场上阅兵。战马像的卢马一样跑得飞快，弓箭像惊雷一样震耳离弦。一心想替君主完成收复国家失地的大业，取得世代相传的美名。可怜已成了白发人。

"看剑"：铸剑的秘密

　　越王勾践剑体现了春秋时期短兵器铸造的最高水平。

　　青铜剑往往锋利而韧性不足，非常容易折断，但越王勾践剑做到了既锋利又韧性强　因为这把剑的剑脊和剑刃用了不同比例的青铜合金。剑脊用的合金含锡量低，所以坚韧不易折；剑刃用的合金含锡量高，就更锋利。

　　两千五百年前的越王勾践剑在出土的时

候一点儿也没生锈，仍然锋利无比。一是因为这把剑的剑身镀了一层含铬的合金，铬可以防锈。还有一个重要原因是越王勾践剑一直在墓室里，而且处于水下浸泡的环境，氧气被完全隔绝，这也是它没有氧化生锈的重要原因。

"看剑"：剑的传说

"剑"是当之无愧的冷兵器之王，"剑"这种兵器背后，有着浓厚的神话色彩。

建立汉朝的汉高祖刘邦，原来只是秦朝的一个小吏，因为带着县里的人去服徭役时，带的人跑了很多，他也不得不成了流亡之徒。秦朝暴政，大家都很不满意，这些人希望刘邦能带着他们起义。

有一次刘邦喝醉了酒，夜里带着人走在路上，前边的人回来报告说，有一条大蛇盘在路上，过不去了。刘邦一听，觉得很奇怪，就自己去看。果然，刘邦看到一条很大的蛇正盘在路上挡住了去路，他趁着酒力，拔出自己的佩剑就把这条蛇给斩了。

再往前走，他们又遇到一个老妇人在哭。这个老妇人说自己的儿子是白帝的儿子，变成一条蛇盘在路上，结果被人杀了，而杀她儿子的人是赤帝的儿子。刘邦从此以后不再犹豫，通过不懈努力，后来建立了汉朝。

"的卢"是什么马

辛弃疾的词里说"马作的卢飞快"，这里说的"的卢"是一种宝马，能日行千里，还能渡水，特别适合做战马。的卢马为什么叫"的卢"呢？这和它本身的一个特征有关系。额头上有白色斑点的马就叫"的卢"。"的卢"是马的一个品种，而不是某一匹马的名字。传说的卢马有一个特点，就是谁骑这匹马谁死。

《三国演义》里只有一个人逃过"骑的卢马必死"的"诅咒"，他就是刘备。刘备有一次遭人追杀，他骑着的卢马在前逃命，后面追兵紧追不舍。刘备逃到一条溪边，这条溪有几十米宽，刘备眼看着就到了绝路。刘备急得用鞭子抽的卢马，问它："你真的要害我吗？"的卢马这时候忽然腾空一跃而起，一下就到了对岸，助刘备死里逃生。

　　不过在三国时期和辛弃疾生活的宋代，骑马的方式是有区别的。三国时期骑马没有完备的马镫，难度更大。一直到了十六国时期，一匹马才配备两个马镫。今天我们能在辽宁省博物馆看到十六国时期贵族使用的铜鎏金木芯马镫。

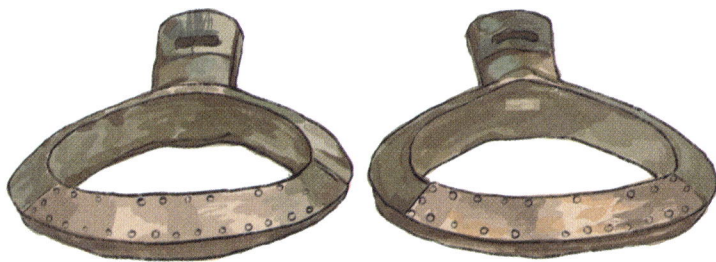

铜鎏金木芯马镫

文学家与将军的双重身份

这首词的作者辛弃疾生活在南宋，他是一位文学家，写的词特别豪迈。实际上辛弃疾还是一个忧国忧民的将军，一生力图恢复宋朝山河，只可惜壮志未酬。

北宋灭亡后，辛弃疾投奔义军准备杀敌。但是和他一块儿投奔义军的一个叫义端的人惹了祸，竟然偷走了义军的帅印，想去敌人那儿邀功请赏。因为义端是和辛弃疾一起投奔义军的，所以辛弃疾非常生气。当天晚上，辛弃疾就带了几个人去追赶叛徒。义端正在去敌人军营的路上，看到辛弃疾后，他吓得魂都没了，跪地求饶，对辛弃疾极力奉承。辛弃疾非常看不起这种贪生怕死而且叛变的人，手起刀落，杀了义端。

辛弃疾所投奔的义军首领后来被敌人所杀，辛弃疾率领仅仅五十多人的小队就袭击了有几万人的敌营，把杀害义军首领的人抓回来处决了。从此以后，二十三岁的辛弃疾入仕南宋为官。

辛弃疾是亲临战场的人，所以他写的这首《破阵子》很真实，让人身临其境。

16

"人比黄花瘦"中的"黄花"是什么花？

南宋金花筒簪

菊花是中国名花，东晋陶渊明赋予了菊花高洁隐逸的象征。陶渊明偏爱菊花，"采菊东篱下，悠然见南山"是他最广为人知的诗句。从陶渊明以后，历代诗人画家都很喜欢赞颂、描绘菊花。尤其是宋朝，菊花的气质很符合宋代文人高雅、恬淡的审美情趣，菊花纹成为流行纹样，在饰品和日用器皿等广泛出现。宋朝时重阳节赏菊也是重要的民俗活动，李清照的名句"人比黄花瘦"，"黄花"就是指秋天盛开的菊花。用在词作里既符合季节，又符合李清照的心境。

出处： 薄雾浓云愁永昼，瑞脑消金兽。佳节又重阳，玉枕纱厨，半夜凉初透。

东篱把酒黄昏后，有暗香盈袖。莫道不销魂，帘卷西风，人比黄花瘦。

—— 宋·李清照《醉花阴·薄雾浓云愁永昼》

译文： 薄雾浓云遮蔽了白昼，忧愁压在心头，香炉里的香料渐渐烧完了。又到了重阳节，卧在玉枕纱帐中，半夜感觉凉气逼人。一直在东篱边饮酒，直至黄昏，淡淡的菊花清香溢满双袖。不要说清秋不让人伤神，西风卷起珠帘时，帘内的人比那菊花还要消瘦。

李清照是什么样的人

　　李清照出身书香门第，家住繁华的东京汴梁城中，早年生活优裕。李清照的父亲叫李格非，在北宋朝廷做官，藏书颇丰，是有名的文学家。李清照家学渊源，从小就饱览诗书，少年时写的文章词作就既有思想又有文采，在东京汴梁是家喻户晓的才女。

　　李清照十八岁的时候，嫁给了与她门当户对的赵明诚，他是太学的学生。赵明诚的父亲是李清照父亲的同僚。李清照和丈夫有共同的爱好，都喜欢文物古董，尤其喜欢那种铭刻了文字的石碑和青铜器。赵明诚那时候还在太学读书，每个月只有一两天可以回家。每到这个时候，夫妻二人就一起去逛东京的大相国寺，那里有文物古董市场。虽然李清照夫妻二人并不富裕，可是金石古物上面的文字很吸引他们，让他们找到了追慕远古历史的线索。于是两个人经常典当衣物去买金石字画等古董。

李清照的家庭熏陶让她具备了文化素养，所以能写出文采卓然、独具思想的诗词文章。李清照和丈夫赵明诚爱好相同、感情和谐，但一生坎坷，最终赵明诚先于李清照去世。

这首《醉花阴》是李清照早年的作品。写这首词的时候，李清照的父亲因为受到朝廷党争的波及，不得不离开京师，回到乡里。而李清照的丈夫当时也外放为官，没有在家，夫妻不得不分离。李清照说"愁永昼"，这表明她愁思很重，为什么呢？因为她担心父亲，思念丈夫，对未来也不确定。

古人怎么过重阳节

写这首词的时候是"佳节又重阳"，是九月初九重阳节。重阳节是一个历史悠久的节日，早在汉代就有过重阳节的习俗。

重阳要登高。正是秋高气爽的时候，是看秋景的最佳时节。但重阳节也意味着秋天即将过去，冬天就要来临，总会给人以悲凉感，免不了要思念故人。

菊花是重阳节当季的鲜花，重阳节的很多习俗都离不开菊花。在李清照生活的宋代，重阳节一定要观赏菊花。宋代的菊花种类特别多，有七八十个品种。菊花的香气可以持久不衰。重阳节还要喝菊花酒，古人认为菊花能延寿。

重阳节不仅要登高，还要吃"糕"。李清照生活的宋代，重阳糕的种类基本有甜、咸两种。甜的糕是用米粉蒸的，里面加上蜜或糖，外面撒上银杏、栗子、松子等干果。咸的糕也是米粉蒸的，但不加蜜和糖，外面撒上羊肉、猪肉、鸭肉等肉丝。

重阳节吃糕是因为秋天是收获的季节，所以拿新收的粮食来做成各种糕点尝新。

"瑞脑"是什么

这首词里有一句"瑞脑消金兽"，这其实是古诗词里常见的场景，就是在室内焚香，是古人的生活习俗。

"瑞脑"是香料的名称，也叫"龙脑"，其实就是我们知道的"冰片"，这是古代贵重的香料。冰片可以提神醒脑、清热解毒，古人经常在端午节天气刚热起来的时候把它作为节礼互相赠送。到了重阳节，也是一年中使用冰片的尾声了，冬天就用不着再清热解毒，应该换用别的香料了。

"金兽"是焚香的香炉。"金"其实不是真的黄金，而是指金属。金属质地的，外表像野兽、怪兽的香炉，叫作"金兽"。

词中"瑞脑消金兽"的场景更烘托了寂静、孤独的氛围。

玉枕纱厨

　　"玉枕纱厨"都是夏天的床上用品。"玉枕"是以玉作为装饰的枕头，词中的玉枕也有可能是瓷枕，被美称为玉枕。"纱厨"是指床上用的纱帐。纱帐透气，夏天可以用来防蚊。重阳节时天气已经凉了，马上转冷，李清照还在使用玉枕和纱厨这样的夏天纳凉用品，所以才会有凉气逼人的感觉。这也说明了李清照思念、担忧亲人，没心思关心自己，有一种孤独感。

17

"长烟落日孤城闭"里的"孤城"是哪座城？

绿釉鸱吻

中国国家博物馆"古代中国"陈列中，有一个大型神兽，它高 152 厘米，相当于一个人的身高。神兽的头长得很像传说中的"龙"，尾巴像鲤鱼，但没有蛇一样的身体和四肢脚爪。它叫"鸱吻"。这个巨大的绿釉鸱吻来自宁夏贺兰山下的西夏王陵。

西夏是北宋王朝的劲敌。范仲淹正是当时抵御西夏的著名将领。"塞下秋来风景异，衡阳雁去无留意。"这词句描写了范仲淹在前线边城看到的辽阔苍凉的秋景，表达了浓浓的思乡之情。

蹲在宫殿顶上的龙子

传说龙有九个儿子，鸱吻就是龙的小儿子，也就是第九子。

绿釉鸱吻表面光滑闪亮，是一个建筑用的琉璃构件。制作时需要先用泥塑出这只神兽的样子，然后再靠手工精雕细琢出它圆睁的怒目、大张的巨口、尖利的牙齿、身上的鳞片等。再把这个庞然大物涂上颜色，施釉，放进窑里去烧制。每道程序都不能少，最后才能烧出闪闪发亮的琉璃构件。

这个神兽琉璃构件站立在高高的宫殿殿顶上，在大殿最高处的正脊的两端。据说鸱吻有个特性，特别喜欢吞咽东西。把它放在大殿顶上，如果着了火，就让鸱吻吞灭火焰，这样就可以消除火灾。

大宋王朝的劲敌

1972 年，因为修建小型军用机场，人们无意中挖出了一些古老的陶器。专业的考古人员根据这些线索发现了古墓，经过考证，认定这是一千年前西夏国王的陵墓。西夏王陵是大型墓葬群，国王和贵族的墓加起来有两百多座。在这两百多座陵墓里有一座颇为特殊，墓主人叫李元昊。

在范仲淹生活的大宋，李元昊给大宋的皇帝带来了大麻烦。大宋王朝的都城东京汴梁，就是今天的河南开封。大宋王朝的疆域基本是偏安一隅，当时和北宋几乎同时建立的政权还有北边的契丹大辽。另外还有一股势力就是西北地区的党项人，党项人的首领就是李元昊。

李元昊非常有野心，他并不服从大宋王朝的统治，后来索性自己建国称帝，公开和大宋王朝分庭抗礼。李元昊建立了夏国。因为在北宋的西边，所以又叫"西夏"。西夏强大的时候占据了今天的陕北、宁夏北部、甘肃西北、青海东部，甚至包括内蒙古的一部分。

"孤城"是哪座城

在大宋和西夏的对抗中，一代文学家范仲淹正是在西北前线带领宋军对抗西夏的主帅。在那些能征善战的西夏人心中，范仲淹可不是一般人。他们不知道范仲淹的诗词文章写得有多好，把范仲淹称为"小范老子"，认为"小范老子"胸中有数万甲兵，是个特别不好对付的人。

西夏的党项人原本是游牧民族，特别擅

长骑射，忽然来袭，忽然退走，打得宋军手足无措。但是范仲淹有自己的主意，他知道宋军擅长的是建筑防御体系驻守。于是范仲淹在大宋和西夏相交的边地修建堡垒营塞。

但这样还不够。范仲淹在想好了办法之后，就主动带领宋军进攻西夏。等到了一个特别合适的防守位置时，范仲淹突然下令不进攻了，就地开始筑城。因为早有准备，筑城很顺利，十天就筑好了一座城，这座城叫作"大顺城"。从此以后，宋军就把大顺城作为防守的中心，钳制住了西夏。

这座大顺城，正是范仲淹的千古名作《渔家傲》里"长烟落日孤城闭"的"孤城"。

日夜苦读的少年

范仲淹两岁时，父亲就去世了，他的母亲不得不带着他改嫁朱姓人家，小时候的范仲淹连名字都没保住，只能跟着继父的姓氏取名。

范仲淹年少的时候在醴泉寺读书，十分刻苦。寺里的住持慧通大师很有学问，而且非常喜欢范仲淹。慧通大师教授范仲淹儒家经史，知道他家境贫寒，对他的生活也十分照顾。但是住持大师的照顾引起了一些小和尚的嫉妒，他们有时候会戏弄范仲淹，再加上寺里人多喧闹，范仲淹就搬到醴泉寺附近的一个山洞里安心苦读。

范仲淹每天晚上用家里送来的小米煮粥。粥煮好后，他会在上面撒上一些野菜和一点点盐。等到粥凉透了凝固后，范仲淹把凝固的粥划成四块，这就是他第二天一整天的食物。范仲淹把这四块粥分为两顿，早上吃两块，晚上吃两块。范仲淹靠着这样简单粗糙的食物支撑着读书的时光，一直坚持了三年。

后来范仲淹进入了当时非常有名的应天府书院读书。经过数年寒窗苦读，范仲淹终于学有所成。他参加科举考试，考中了进士，进入大宋的朝廷，成为一名官吏。

18

"寒蝉凄切"的"蝉"是什么蝉？

东晋蝉纹金珰冠饰

　　汉代高级别的官吏，头上戴冠，冠上装饰"左蝉右貂"——"蝉"是有蝉纹的金珰，"貂"就是指在冠上插貂尾。南京六朝博物馆有一件精美的蝉纹金珰，是东晋贵族用过的六朝遗物，可能曾在王谢家的哪位高官显宦头上熠熠生辉。

　　在中华传统文化中，"蝉"被赋予了许多象征意义，不但出现在各种器物的纹样上，也在诗文中被反复提起和咏唱——其中就有柳永的《雨霖铃》。

出处：　　寒蝉凄切，对长亭晚，骤雨初歇。都门帐饮无绪，留恋处，兰舟催发。
执手相看泪眼，竟无语凝噎。念去去、千里烟波，暮霭沉沉楚天阔。

　　　　　　　　　　　　　——宋·柳永《雨霖铃·寒蝉凄切》（节选）

译文：　　秋蝉的叫声凄凉而急切，黄昏时在长亭送别，急雨刚刚停歇。在城
外的帐里饯行却无心畅饮。留恋之际，船家催着要出发了。握着手相互
对看的人泪眼迷蒙，千言万语噎在喉头。想到这次要去的地方千里迢迢，
烟波渺渺，暮霭沉沉，只见楚地的天空一片寥廓。

一种特殊的动物

　　"蝉"这种动物很早就引起了人类的注意。早在三千多年前，商代的青铜器上就有大量蝉形纹样，但那时候青铜器上的蝉可能会是没有翅膀的。

　　在古人眼里，蝉只喝露水，栖息在高处，是高洁的象征，所以特别喜欢用蝉的形象来做饰品，装饰自己头上戴的冠。

　　寒蝉是一种被用来标志季节的动物。古人认为秋天到了，凉风吹起的时候，白露、

霜降等节气依次到来，这时候，寒蝉鸣叫，意味着要进入深秋了。

柳永在这首《雨霖铃》的开头就写了"寒蝉凄切"，是很明白地表明了季节、天气。寒蝉的鸣叫声营造了凄凉的氛围。

送别的地方

柳永的这首《雨霖铃》是一首送别之作。词里提到"对长亭晚"，这里的"长亭"是古代设在城外路边的亭子。这种亭子有特别的作用，是给亲朋好友送行的专用集会地点，人们可以在这里话别。

古代出了城有专门的大路，在大路边每隔十里就设一个长亭供人歇脚。人们送别的时候在亭子里拉着手说话，不忍分离，往往是送了一程又一程。

送别也有一些习俗。隆重一点的送行往往要在城外设帐，在帐中话别，送行酒也是免不了要喝的。柳永在词里说"都门帐饮无绪"，表明这次送行的地点在"都门"之外，还设了帐。"都"指的就是北宋的都城东京汴梁。

除了设帐饮酒，送别还有一个"折柳"习俗。折下一条柳枝，送给马上要远行的人，这个风俗早在西周、春秋时期就有了。柳永写的这次送别也免不了，所以词里写了"杨柳岸"，说明当时具备这样的条件。折柳送别的意思是让远行者记得家乡和亲友。

词里的人要去哪里

词里的人离开了东京汴梁要去哪里呢？词里提到的交通工具是"兰舟"，这是对船的美称。柳永又说"暮霭沉沉楚天阔"，他似乎在一片暮色烟霭之中看到了将要去的地方海阔天空。

"楚天"中的"楚"是指楚地。春秋战国时期的楚国从江汉平原扩张到今天湖北全境，湖南、江西、安徽、江苏、浙江、山东、河南、四川等都有一部分属于楚国，所以词中的楚地泛指南方。词里的人要南下，去南方了。

"奉旨填词"的柳永

柳永出生在一个官宦世家，原本应该像祖父、父亲一样，循规蹈矩参加科举考试，然后顺理成章以进士的身份进入大宋的官僚体系。但是柳永在参加科举考试的路上碰到了一些让他料想不到的情况。

青春年少的柳永在去东京汴梁参加考试时路过杭州。他发现杭州市井繁华，湖光山色异常迷人，就滞留于杭州，沉醉于舞榭歌台，没有去参加考试。过了两年，又从杭州游到苏州，再游到扬州，就这样度过了一段逍遥时光。

柳永第一次参加科举考试，自信满满，但因为皇帝不喜欢言辞浮华的文章，所以柳永落第。第二次、第三次，柳永仍然落第。

一直到第五次参加科举考试，五十岁的柳永终于在皇帝放宽尺度的情况下考中了。

宋仁宗喜欢音律，也很喜欢柳永的词。但是在当皇帝以后，宋仁宗又觉得柳永的词过于浮华艳丽。有一次科举落第后，柳永在词里说，"青春都一饷。忍把浮名，换了浅斟低唱"——自己愿意把这些世间的虚浮名声都换成轻歌曼舞的吟唱。宋仁宗知道后，很生气地说："既然这样你还要虚名做什么？还不如就填词去吧。"

从此，柳永就说自己是奉皇帝的旨意填词。他名叫三变，自称"奉旨填词柳三变"。

19

"春风送暖入屠苏"中的"屠苏"是什么?

岁朝图

（北宋，局部）

中国古代把阴历正月初一称为"岁朝"。中国画中描绘辞旧迎新、新春风物的一类年节时令画作主题就是《岁朝图》。我们能看到的最早的《岁朝图》是北宋时期的，收藏在台北故宫博物院。这幅画上花团锦簇，梅花、水仙、山茶、月季盛开，有着美好的寓意。

庆祝新春除了作画，还要写诗。大概每年过年贴春联的时候，你都会想到王安石的《元日》吧？爆竹声中春风送暖，新的一年又到来了。

出处： 爆竹声中一岁除，春风送暖入屠苏。

千门万户曈曈日，总把新桃换旧符。

——宋·王安石《元日》

译文： 在阵阵的爆竹声中，旧的一年已经过去，春风把温暖的气息送入千家万户。在初升的太阳照耀下，千家万户都忙着把旧的桃符取下来，换上新的桃符。

"元日"是哪一天

元日就是一年里的第一天，即农历正月初一。

在中国，过年是一个完整的过程，什么时候做什么事都有讲究。在王安石生活的宋代，立冬以后就要为冬至做准备。冬至时，要祭祀祖先，然后开始为过年做准备。过年是从冬至开始的，这一段时间的民间娱乐活动也多了起来，特别热闹。古代过年的习俗和我们现代一样，会吃腊八粥，会在小年吃灶糖，还会炖个肘子留着正月吃，年根的时候也会买些新鲜蔬菜做储备。

　　元日的前一天，叫"除夕"。除夕的重点是"除"，从宫廷到民间都会进行一系列辞旧迎新的活动。这一天晚上大家都不睡觉，围炉守岁。第二天就到了元日，新的一年也就到了。

"屠苏"是什么

　　诗里说"春风送暖"，这表示新春来临，节气发生了变化。诗人用了一个"入"字，意思是进入，这表明春风能进入的地方是一个空间。"屠苏"就代表那个春风能吹入的地方。

　　"屠苏"本来是一种草的名称，就是现在我们说的紫苏。紫苏的气味清新芳香，在古代可以用来酿酒。古人还认为屠苏是一种能驱邪的香草，所以经常把屠苏画在房屋上作为装饰。在房子上画屠苏的历史很悠久，后来人们就用"屠苏"来指代房屋。

　　王安石这里说的"春风送暖入屠苏"，"屠苏"指的就是房屋，而不是屠苏酒。春风吹到了屋子里，而不是吹到酒里。

春天到了，天气变暖，春风吹入屋子，让人感受到了春天的温暖。

盆景和桃符

在描写老北京过年风俗的小说里，过年是一件特别热闹的事，买东西是免不了的。除了买吃的、穿的，过年专用的年货也是一个大项。比如月份牌、春联，还有过年要用到的一些小摆设。买几盆蜡梅、水仙摆在家里，既显得生动活泼、充满朝气，又有着吉祥寓意。

以前，一般人家都要等年前庙会的日子去买鲜花盆景，清代宫廷用的这些吉祥盆景就不一样了。宫廷用的吉祥盆景不是鲜花，而是用贵重金属和宝石仿制的，也叫宝石盆景。宝石盆景往往堆金砌玉，特别精致而富丽堂皇。故宫博物院里有一个奢华的盆景，它由珊瑚树、梅花、竹子组成，有个非常好的寓意叫"齐眉祝寿"。盆景上的梅花是宝石制成的，竹叶是翠鸟羽毛，连盆里的"土"都是翠鸟羽毛。除了用料奢侈、工艺复杂的点翠工艺，这个盆景一共用了红、蓝宝石216粒，大珍珠64颗。

银镀金累丝长方盆穿珠梅花盆景

在王安石生活的宋代，过年的风俗还有要往门上挂"桃符"。挂"桃符"的作用是驱邪。传说东海有一座山，山上有一棵大桃树，这棵大桃树是万邪出入的大门。此门由两个神人把守，约束着邪祟的行动。这两位神人一位叫"神荼"（shēn shū），一位叫"郁垒"（yù lǜ）。民间根据这个传说，制作了两块桃木牌，上面刻有这两位神人的样子。人们把这两块桃木牌挂在自己家门口，以此驱邪避凶。这两块桃木牌就叫"桃符"。简单一点的桃符只要分别刻上这两位神人的名字就行了。桃符是要每年更换的，所以有"总把新桃换旧符"的说法。

踌躇满志的王安石

王安石是宋代著名的改革家。王安石很早就看到了大宋王朝存在的一些问题，一直积极给皇帝上书，希望改革。但改革是牵一发而动全身的大事，所以宋朝的两代皇帝都犹豫不决，一直到了宋神宗才决定起用王安石进行变法。王安石的这首《元日》正是写在他得到任用之际，开始实施变法之前。在家家户户忙着过年的时候，王安石想到了大宋王朝变法改革的前景，认为未来一定会更好，对自己很有信心，所以诗里也充满了踌躇满志之感。

20

"昼出耘田夜绩麻"里的"绩麻"是指什么？

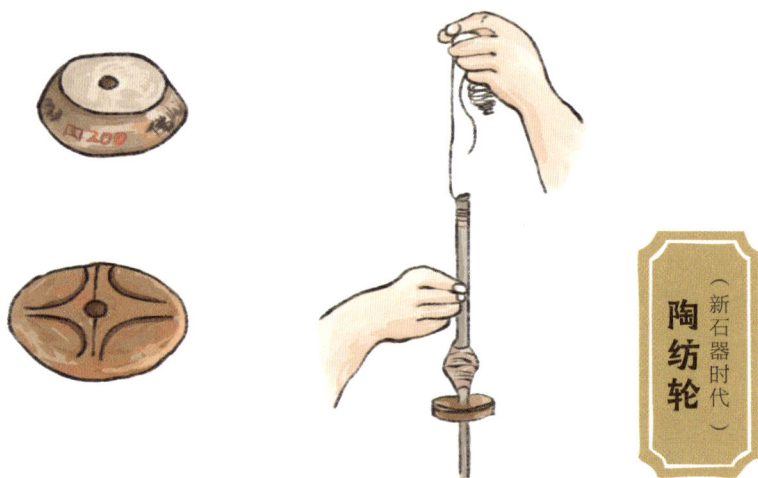

（新石器时代）

陶纺轮

南宋著名的文学家，被称为"中兴四大诗人"之一的范成大，擅长写田园诗。他出生于平江府吴县，也就是现在的苏州。范成大晚年隐居"石湖"，号"石湖居士"，"石湖"就是现在的苏州石湖。《夏日田园杂兴》专门描写夏天的田园景色以及农民的劳动生活。

"麻"是中国最早使用的纺织原料，"绩麻"就是用纺轮把麻类植物的纤维捻成麻线。在广东省博物馆里能看到新石器时代的陶纺轮，小小纺轮，也是文明发展、技术进步的重要标志之一。

出处：　　　　昼出耘田夜绩麻，村庄儿女各当家。

童孙未解供耕织，也傍桑阴学种瓜。

——宋·范成大《四时田园杂兴》（其三十一）

译文：　　　一家中男女日耘夜纺，都是农事劳动的当家能手。童孙还不懂耕田
织布，看到大人在劳作，就在桑树的树荫下学着种瓜。

为什么是"耘田"而不是"耕田"

有个词叫"耕耘"，泛指农田耕作。我们常常说"一分耕耘，一分收获"，有了劳动付出才可能有所收获。"耕耘"是两种活动：一个是"耕"，一个是"耘"。"耕"指的是犁田，"耘"指的是除草。

古代的农民劳作讲究时令和顺序：春天耕种，夏天除草，秋大收割，冬天储藏，是哪个季节就干这个季节该干的事。这么做是因为古代的农业不像现代这么发达，所以人们要努力在每个季节做好该做的事，才能有足够多的收成，不至于挨饿。

范成大的这首诗叫《四时田园杂兴》，是大型田园组诗中的一首。这组诗共六十首，主要写的是南宋农村的四时田园风光和农民的生活。这六十首诗按季节分为春、夏、秋、冬四个部分。我们读的这一首是第三十一首，属于"夏日田园杂兴"里的一首。按照当时的习惯，夏天就是耘田的时候，所以诗里说"昼出耘田"。"昼"是白天，这个时节白天的时间是用来除草的。

什么是"绩"，什么是"麻"

对勤劳的农家人来说，白天的时间用来去田里干活，晚上的时间也不能闲着，要做的工作就是绩麻。

用绩麻捻成的麻线织成麻布，然后就可以做成衣服穿。麻布是中国最早的织物衣料。古代种植的大麻是一种雌雄异株的植物，既可以吃又可以穿。雄株的大麻纤维质量特别好，把麻皮剥下来制成线，织成布，做成衣裳，就是古代老百姓主要穿着的织物。雌株的大麻结出来的麻籽则是古代贫苦人家用来熬粥喝的。

麻的纤维剥下来后想要捻成线，需要用到纺轮。纺轮是一个圆形的轮，中间有一个轴杆，用手转动轴，轴带动麻纤维，通过纺轮的转动，就可以捻出紧密的麻线来。这个过程就叫"绩麻"。绩麻的工作主要由女性来完成。诗里说"村庄儿女各当家"就是指男人除草，女人绩麻。

学种瓜的小孩

农家的大人白天和晚上都有事做，农家的孩子也没闲着。在勤劳的家长带动下，他们也自觉地去学习怎么做农活。孩子的劳动项目是学习种瓜。为什么学习种瓜呢？其实夏天不是种瓜的季节，而是吃瓜的季节。孩子估计是看到了满院的瓜，所以就想到去学种瓜。

这首诗描绘了一幅农家生活的画面：在桑阴下学种瓜，说明院子里有桑树，还有瓜藤。

夏天还要忙什么

诗里除了说到"耘田""绩麻"，还有"桑阴"。其实农家在夏天还有一件重要的事——采桑养蚕。

在男耕女织的古代农业社会，养蚕是妇女最重要的劳动。为了给天下女子做表率，古代的皇后也会亲自祭祀蚕神，自己采桑养蚕、缫丝织布。而在江南地区的农家，种桑养蚕几乎是家家户户都会做的事。

养蚕是很辛苦的事。养蚕要先孵蚕种。蚕娘穿上棉袄，把蚕种放在怀里孵。刚孵出来的蚕宝宝，要放在大盘里，安置在蚕室中，因为蚕宝宝怕冷，蚕室里还要放火盆来提高温度。人们需要时时刻刻关注蚕宝宝的健康情况，注意它们的生长环境——必须在室内，不能被太阳直射。所以养蚕的房间必须关门闭户，再闷热也不能开窗开门。

蚕在成长的过程中，结蚕茧之前，就是不停地吃吃吃，这个时候不能断了桑叶。所以养蚕的农家要自己种桑树，保证桑叶的供应。蚕吃桑叶不分早晚，养蚕的人也要不分早晚，辛苦地提供桑叶。好不容易等到结了蚕茧，还要挑出饱满又光亮的蚕茧，质量好的茧才能缫出质量好的丝，织成上好的丝绸。

虽然范成大在诗里只提到"桑阴"，但这句诗后面有着农家的勤劳辛苦。

浴蚕缫丝织锦图（局部）

21

《卫风·氓》里的男人真的是用布去买丝吗？

鱼币

布币

布币

刀币

布币

　　《诗经》是我国最早的一部诗歌总集，诗歌里描写了西周、春秋时期社会的风貌和生活，比如战争、伦理道德、农耕劳作、恋爱婚姻、礼仪、宴会、市场买卖……帮助我们了解那个时代的方方面面。

　　《卫风·氓》里就提到了男主人公去市场"抱布贸丝"。这里的"布"可不是纺织品，而是一种货币。中国古代最早出现的原始货币是海贝，后来产生了各种各样的钱币形式，今天我们在博物馆里都能看到。

出处：　　氓之蚩蚩，抱布贸丝。匪来贸丝，来即我谋。送子涉淇，至于顿丘。匪我愆期，子无良媒。将子无怒，秋以为期……尔卜尔筮，体无咎言。以尔车来，以我贿迁。

——先秦·《诗经·卫风·氓》（节选）

译文：　　那小子外貌憨厚，佯装抱布来换丝。嘴上说着做生意，其实是来找我订婚期。送他渡过淇水河，到了顿丘才分离。不是我有意误婚期，只因你没有良媒。请你不要生气，约好秋天为婚期……你去进行卜筮，没有不祥的征兆。赶着你的车子来，把我的嫁妆一起载回去。

《氓》是一首什么诗

　　《诗经》是我国历史上第一部诗歌总集，总共收集了 305 篇诗歌。《诗经》里的诗歌可以分为风、雅、颂三部分。"风"指的是各地的民间歌曲，"雅"是当时的文人创作的诗，"颂"是宗庙祭祀用的乐歌、舞曲。

　　《卫风》收录的是卫地的民歌。"卫"是古国名，建都朝歌（今天的河南省鹤壁市淇县一带）。我们今天读的这首诗《氓》就是选自《卫风》。

《氓》这首叙事长诗描写了一位女性的婚姻悲剧，展现了西周、春秋时期的婚姻观念和习俗。

他抱的是什么"布"

　　《氓》的开头写道："氓之蚩蚩。"这里的氓是一个普通的平民，也是这首诗的男主人公。"蚩蚩"是说他一副笑嘻嘻的样子。"抱布贸丝"是说男主人公氓抱着布去市场买丝，但他实际上是去和女方在市场见面，谈论婚事。

　　男主人公"抱布"真的是抱着一匹布吗？实际不是，他抱的"布"是货币，也就是"钱"。我们现在可以使用方便携带的纸币，也可以用银行卡，还可以用快捷省心的移动支付。但是在三千多年前的西周、春秋时期，货币都是金属的，用得最多的就是铜币。

　　把自己有的东西拿去交换自己没有的，这种交换行为早在原始社会就已经存在。但是交换中有个问题，交换双方带来的东西未必是对方想要的，这时就需要一个交换的中介，于是慢慢诞生了货币。

殷商时期使用"贝币"。起初，人们是拿真的海贝贝壳做交换的中介，殷墟妇好墓就出土过约 6 880 枚贝币，后来用的是铜铸造的贝壳。到了西周、春秋时期，通行使用的货币是"布币"，主要流通地区是三晋两周，也就是现在的河南、山西的大部分地区以及河北南部。最早的"布币"是西周的"原始布"，形状像铲子，也叫铲形币。"刀币"则始于春秋时期的齐国。北方的燕国受齐国影响，也大量使用刀币，成为刀币和布币共用的地区。"环钱"是先秦货币中一个单独的支脉，出现的时间比较晚，诞生在战国晚期的魏国。环钱诞生后从魏国流传开，各国效仿，后来流通环钱的主要是魏国和秦国。"蚁鼻钱"也是先秦时期货币体系中的一个单独支脉，诞生于战国早期的楚国，随后出于楚国开疆拓土，蚁鼻钱的流通范围渐渐在长江、淮水流域扩大，成为有一定流通规模的货币体系。

"子无良媒"的"媒"是什么

男女主人公在市场见面、商量婚事的时候，说到他们的婚期一拖再拖，原因是没有"良媒"。这个"媒"不是我们认为的民间婚姻介绍人，而是官方正式的、负责掌管民众婚姻的官吏。

在春秋时期，没有结婚的适龄青年男女都登记在册，由官方来掌握。和现在不一样，现在的婚姻是男女双方在民政部门登记，取得法律认可。三千年前的婚姻虽然也是男女双方结婚，但代表着两个不同的大族有了关联，不仅仅是两个人的事，不能在男女双方之间私自进行。

"卜"是什么，"筮"是什么

《氓》这首诗描述的时代，男女双方结婚有一个复杂的过程叫"六礼"。"六礼"是六种程序，是两姓大族互相了解认可的过程，也是结婚的完整流程。在当时，经过了完整六礼的婚姻才是被社会认可的。《氓》这首诗里的男女主人公没有经过这个完整的流程，不过他们也做了一件在当时很重要的事——卜筮（shì）。

在春秋时期，人们认知有限，大大小小的事都要占卜，做事前要取得上天的认可，不明白的事可以让上天给自己答案。"卜"和"筮"就是两种占卜方式。

用龟甲占卜叫作"卜"，用蓍（shī）草占卜叫作"筮"。卜筮是用来预测吉凶的。诗里的男主人公尽管匆匆忙忙，但还是占卜过的，无论是用龟甲来卜，还是用蓍草来筮，都没有什么不吉利的征兆，于是他们就私自结婚了。

"以尔车来" 中的 "车" 是什么

在《氓》里，男女双方结婚就是男方来接女方，用车把女方的嫁妆拉走，一起去了男方家。

春秋时期，一个女子如果嫁的丈夫身份地位比较高，出嫁时就会乘坐娘家的马车，而不是夫家的马车。这是提醒自己，要小心谨慎，不然就要被休回娘家，

齐侯铜盂

齐侯铜盂是一件和古代婚姻有关的青铜器。盂内壁腹部处发现了 5 行 26 个字铭文："齐侯作朕（媵）子仲姜宝盂，其眉寿万年，永保其身，子子孙孙永保用之。"按铭文的记载，这件铜盂是齐侯送给女儿仲姜的陪嫁品之一。

周王室姬姓，齐国姜姓，姬、姜两姓有悠久的联姻史。周武王的王后邑姜就是齐国始祖姜太公的女儿。齐侯铜盂再次印证了周王室和齐国联姻的事实。

到时候还得乘坐这辆马车。结婚几个月后，丈夫会把妻子出嫁时拉车的马给妻子娘家送回去，意思就是说，肯定不会把妻子休回娘家。

母鼓铜方罍

母鼓铜方罍（léi）的盖内铸有铭文"母鼓"二个字。许多专家认为"母鼓"应是鼓国女子嫁与母氏男子所得的称谓，说明它是商代贵族间通婚所使用的陪嫁品。

22

《七步诗》里煮豆子的"釜"是什么？

铜雀台青石螭首

东汉末年，曹操在官渡之战中击败袁绍，占据了邺城（今天河北省临漳县一带），建造了著名的铜雀台。今天我们在博物馆里看到的文物——青石螭首，就是铜雀台的建筑构件。螭是传说中一种没有角的龙，常见于装饰青铜器、碑额、印钮……

曹操是杰出的政治家、军事家、文学家，他的一个儿子也是文采斐然的大文学家——就是写下《洛神赋》，能"七步成诗"的曹植。

出处：　　　　　　　　煮豆燃豆萁，豆在釜中泣。

　　　　　　　　　　　本是同根生，相煎何太急？

　　　　　　　　　　　　　　　　　　——魏·曹植《七步诗》

译文：　　　　煮豆的时候，釜下燃烧着豆萁，豆子却在釜中哭泣。豆萁与豆子本
　　　来都是同一豆根生出来的，那豆萁想要迫害豆子，又何必那么急迫呢？

曹操和他的儿子

　　东汉末年天下大乱，雄群并起，曹操平定北方、辅助汉室，也是一代豪杰。曹操是汉朝的丞相，被册封为魏王，他晚年时考虑最多的一件事就是立哪个儿子做自己的继承人。

　　曹操最聪明的一个儿子就是我们熟悉的称象的曹冲。曹操非常喜欢这个儿子，曾经几次对自己的下属说曹冲很像自己，有意把他立为自己的继承人，但曹冲年仅十三岁就夭折了。曹操晚年考虑继承人，入围的是曹冲的两个哥哥：曹丕和曹植。

从文学史的角度来讲，曹丕、曹植都是独树一帜的人物，和父亲曹操一起并称"三曹"。但作为重要政治人物的继承人，曹丕和曹植有很大差别：曹植有卓越的文学才华，但是为人纵情任意，又很喜欢喝酒，喝醉后一点也不约束自己。有一次，曹植喝多了酒，驾着车在帝王举行大典才能走的专用大路上飞驰，还擅闯王宫的大门，公开违反父亲下达的禁令。

曹植的这些无礼举动让曹操很失望，最后曹操认为曹植不适合做自己的继承人，选择了曹丕。曹丕就是建立曹魏政权的魏文帝，他当了皇帝以后追谥自己的父亲曹操为魏武帝。

邺城和铜雀台

曹操在著名的官渡之战中打败袁绍，占据了原本属于袁绍的邺城，从此以后邺城成为曹操的大本营。河北省邯郸市临漳县有考古发现的邺城遗址，也许千年前曹丕和曹植兄弟争位的故事就发生在这里。今天这里建起了邺城博物馆，还能在博物馆里找到曹魏时期的遗物。

著名的铜雀台遗址距离邺城博物馆仅有几千米远。根据历史记载，曹操在邺城修建的铜雀台台高有十丈（约33米），高台上修建的宫殿有百余间。高台建成后，曹操在此大宴宾客。曹丕和曹植都奉父命在这儿写下了有名的文章《登台赋》。曹植的文章辞藻华丽，曹操大为赞赏。

兄弟相争

传说曹丕当皇帝以后，一直嫉恨弟弟曹植曾经得到父亲喜爱，又妒忌曹植的才华，所以总想杀了他。

有一天，曹丕想了个办法，让曹植求见自己。他下令让曹植在七步之内写出一首诗来。如果写不出来，就要杀了曹植。

曹植非常悲愤，但还是在七步之内完成了。这首诗以煮豆子为主题，豆子和藤原本出于同根，煮豆子却需要用结出豆子的藤作为燃料，这就相当于曹丕和曹植是同父同母的兄弟，却要自相残杀一样。

曹丕听了曹植的诗有所感悟，最终并没有杀死弟弟。

陶釜

陶釜支

战国双耳铜釜

五熟釜

陶釜

煮豆子的"釜"是什么

《七步诗》里煮豆子用的是"釜",相当于我们现在的锅。

釜是一种很古老的炊具,早在新石器时代,陶釜就作为炊具广泛使用了,后来又有了铜釜、铁釜。

釜的样子有点像罐子。它和鼎不一样,下面没有腿。釜的口很大,腹很深,作为炊具,里面可以放不少食物。

23

《秋风辞》里的"汾河"是哪条河？

朝元图·后土神

（元代永乐宫三清殿壁画局部）

"皇天后土"是对"天地"的敬称。"皇天"指天，天神尊称为"昊天上帝"，也叫"皇天上帝"，是中国古老的神。今天北京的天坛公园里还保留着"昊天上帝"的神位。把地尊称为"后土"是原始社会对土崇拜的观念延续，后土被尊为"社神"。从周代到汉代，古人认为地是万物之母，"后土"被具象化为一位女神，就是"后土娘娘"。汉武帝不但修建了祭祀后土神的"后土祠"，还在去祭祀的路上留下了一首传唱千年的《秋风辞》。

出处： 　　秋风起兮白云飞，草木黄落兮雁南归。兰有秀兮菊有芳，怀佳人兮不能忘。泛楼船兮济汾河，横中流兮扬素波，箫鼓鸣兮发棹歌。欢乐极兮哀情多，少壮几时兮奈老何。

　　　　　　　　　　　　　　　　　　　　　——汉·刘彻《秋风辞》

译文：　　秋风吹拂，白云飞舞，草木枯黄，叶片飘落，雁都飞回了南方。兰草秀美，菊花芬芳，思念美人难以忘怀。高大的楼船行驶在汾河上，船桨划动泛起白色波浪，歌乐钟鸣中传来船夫的号子歌声。欢乐到极致时悲伤泛起，年轻的岁月过去了，对自己的日渐衰老徒感奈何。

《秋风辞》的作者

　　有一个特别有名的故事叫"金屋藏娇"。西汉汉景帝有个小儿子，他小时候，他的姑姑问他："给你娶个媳妇好不好？"这孩子就点点头说："好。"于是姑姑就指着一个宫女问："就把她嫁给你好不好？"孩子说："不好。"姑姑一连指了好几个人，孩子都说"不好"。

　　最后姑姑指着自己的女儿阿娇问侄子："把阿娇嫁给你好不好？"哪知这个孩子立

刻点点头说："好。我要是娶了阿娇，就用黄金修建一座房子让她住。"姑姑听了，开心地大笑起来。

这个孩子就是后来的汉武帝刘彻。刘彻当了皇帝并不是只知道金屋藏娇。当时汉朝面临的最大威胁就是匈奴。为了对抗匈奴，汉武帝命张骞出使西域，联络西域各国。我们今天常说的河西走廊就是张骞出使西域时走过的一段路。汉武帝不仅打败了匈奴，还励精图治，开疆拓土。

汉朝的疆域非常大，向北到达今天的内蒙古，向东到达鸭绿江流域，向南到达云南、广西。

为了让汉朝疆域永固，汉武帝想祭祀土地，这是当时人与天地自然之间的一种沟通。可是汉朝的土地这么大，该在哪儿祭祀，又去祭祀谁呢？

黄河边的一个大土堆

早在原始社会，人类就崇拜土地。商周时期，修建一座城，除了要修城墙、建宫室，还有一件重要的事就是堆起土堆，立一个祭坛，这个祭坛就是用来祭祀土地的。

《史记·孝武本纪》记载，汉武帝想要祭祀后土神，大臣禀奏，"后土宜于泽中圜丘为五坛"，也就是要找一处水中的圆形土丘来建造五个祭坛。最后汉武帝选中的地方在汾阴脽（shuí）中，在今天的山西省运城市万荣县荣河镇庙前村，黄河与汾河交汇的地方，修建了一座专门祭祀土地的庙——后土祠。

修建了这座后土祠后，汉武帝经常来祭拜。这首《秋风辞》就是汉武帝在来后土祠祭祀时所作。他乘船途经汾河，秋天的悲凉氛围，让当时已经不再年轻的汉武帝觉得人生无可奈何，所以发出了感叹。

中华文明的发源地

诗里说"泛楼船兮济汾河"，这描写了汉武帝一行人乘着高大华丽的楼船在汾河里行舟的情景。

汾河发源于山西北部，从忻州流入太原、吕梁、晋中、临汾、运城，经过六市二十九县，全长七百一十三千米，最后在万荣县荣河镇庙前村汇入黄河。

今天汉武帝选中的大土堆旁边还有清代修建的后土祠，保留了两千多年来对后土的崇拜。清代还在后土祠里修建了一座秋风楼，以纪念汉武帝写的《秋风辞》。

汾河后土祠附近，可以说是中华文明重要的发源地，有治水的大禹住过的禹王城，还有供奉西周始祖、农神后稷的稷王庙。

汉武帝的后裔汉成帝也曾经祭拜过后土祠。在距今两千多年前的一个春天，三月份，汉成帝带着西汉的大臣渡过黄河到达汾河南面。祭祀过后土神之后，汉成帝开始了游历。他去了大禹治水的龙门，也就是壶口瀑布下游河津与韩城交界的黄河峡谷的出口；游历了被称为"蚩尤血"的盐池；再登上传说中舜帝躬耕的历山，追思尧舜之风。

帝王埋骨处

在秋风中悲叹的汉武帝死后安葬在今天陕西省咸阳市西十五千米的茂陵。据说汉武帝在一次打猎的时候在这里看到一只麒麟，麒麟是表示祥瑞的神兽，所以汉武帝觉得这是一块风水宝地，就把自己的陵地选在这儿。

直到现在，汉武帝的茂陵还保存完好，并且建起了茂陵博物馆。茂陵封土有近五十米高，今天看起来还是很巍峨。茂陵博物馆里收藏了很多汉武帝时代的文物。

西汉四神纹玉雕铺首

24

《孔雀东南飞》里的焦仲卿和刘兰芝，他们是哪里人？

西汉『长毋相忘』合符银带钩

『长毋相忘』瓦当

　　《孔雀东南飞》是一首汉乐府长篇叙事诗，描写了刘兰芝和焦仲卿在封建王朝社会背景下的悲欢离合故事。诗里写到的很多具体物件体现了汉代人的生活。南京博物院的"长毋相忘"合符银带钩也是一件汉代的服饰用品，它可以分开给两人，也可以合为一体。带钩上的"长毋相忘"是汉代常用吉祥语，意思是天长地久，永不忘记。

出处：　　序曰：汉末建安中，庐江府小吏焦仲卿妻刘氏，为仲卿母所遣，自誓不嫁。其家逼之，乃投水而死。仲卿闻之，亦自缢于庭树。时人伤之，为诗云尔。

　　　　　孔雀东南飞，五里一徘徊。

　　　　　十三能织素，十四学裁衣，十五弹箜篌，十六诵诗书。十七为君妇，心中常苦悲……

——汉·《孔雀东南飞》（节选）

译文：　　东汉末年，安徽庐江府小吏焦仲卿的妻子刘兰芝，被婆婆遣回娘家，她发誓不再嫁人，又受娘家逼嫁，最后投水自尽。她丈夫得讯，也自悬于庭树殉情。当时民间为此悲伤，写诗纪念这一对不幸的夫妻。

　　　　　孔雀向东南飞，每飞五里停下来回头眺望。

　　　　　我十三岁就学会了织布，十四岁能裁制衣服，十五岁时精通乐器，十六岁时诵读诗书。十七岁时嫁到你家，心中常感悲苦……

什么是乐府

《孔雀东南飞》选自汉乐府。

汉代的乐府是国家的音乐机关，负责为诗歌谱曲，让诗歌可以演唱。这些诗歌有的由专门的诗人写作，有的从民间搜集。汉代的官吏会深入民间，黄河两岸、长江流域，哪里有民歌传唱，哪里就有官吏去采集。把采集到的诗歌配上音乐，就可以一边奏乐一边演唱了。也就是说，《孔雀东南飞》原本是汉代的歌词。

《孔雀东南飞》的故事

《孔雀东南飞》是一首长篇叙事诗，也就是用诗歌形式讲的故事。这首诗有一千七百多字，讲述了焦仲卿和刘兰芝之间的爱情故事。

有一个小官吏焦仲卿，他娶了美丽又贤惠的妻子刘兰芝。焦仲卿没有父亲，只有母亲和一个妹妹。刘兰芝嫁到焦仲卿家后，照顾婆婆，养育小姑，而且勤劳地织布，但是婆婆仍然不喜欢她，最后刘兰芝被休弃回了娘家。尽管焦仲卿非常不愿意和刘兰芝分开，但又不得不遵从母亲的意愿。

刘兰芝被休回娘家以后，按照汉代的风俗，她还可以再嫁。当时的社会并不会歧视这样的女性，所以诗里说，媒人几次来刘兰芝家里说媒，介绍的都是比焦仲卿地位高的男子。刘兰芝不愿意再嫁，但又不得不屈从于母亲和哥哥。最后的结果就是焦仲卿和刘兰芝双双殉情。

诗里说"两家求合葬"，并且在坟墓两边分别种植了松柏和梧桐。其实在汉代，大部分夫妻都不合葬。

故事发生的时代

《孔雀东南飞》故事发生的时间其实和《三国演义》是同一时代。

这篇长诗有一个小序，给读者大概介绍了这首诗的背景。小序里说"汉末建安中"，相信凡是看过《三国演义》的人都会对"建安"这两个字的印象特别深刻。"建安"就是东汉最后一位皇帝汉献帝的年号。汉献帝就是那个认刘备为皇叔的皇帝。

这个时代是文学家曹操、曹丕、曹植生活的时代，神医华佗、张仲景生活的时代，著名的官渡之战、赤壁之战发生的时代；也是曹操统一北方的时代，刘备三顾茅庐的时代，孙权刚刚成为江东主公的时代。

那么焦仲卿和刘兰芝是哪里的人呢？小序里说焦仲卿是"庐江府小吏"。东吴的大都督周瑜就是庐江人，焦仲卿和大都督周瑜同乡，算是今天的安徽人，离今天的安徽省庐江县不远。

什么是"素"

诗里说刘兰芝聪明能干，十三岁就能织"素"。自从嫁给焦仲卿以后也是每天夜以继日地在机房织素。白天劳累，晚上也得不到休息。即使刘兰芝三天织出五匹的素，焦仲卿的母亲还是嫌她织得太慢了。换算成现在的单位，刘兰芝三天织的素有将近五十米，其实已经很快了。

古人养蚕，蚕吐丝成茧。养蚕的人收获了蚕茧，把茧抽成丝，再把这样的丝织成丝织品。这种没经过任何加工的丝织品，就叫作"素"。在古代，既可以直接把素作为衣料，也可以在素上刺绣。古代的书法家、画家还很喜欢在"素"上创作。比如北宋书法家米芾的著名作品《蜀素帖》，就是在北宋时四川生产的、质地精良的白色"素"上打了乌丝栏写的。

什么是"丝履"

诗里说刘兰芝在离开焦仲卿家的时候美美地打扮了自己，穿了精美的服饰，戴了珍贵的首饰，"足下蹑丝履"，还穿了精致的鞋子。

刘兰芝穿了一双"丝履"。"履"就是我们现在所说的鞋。和刘兰芝同时代的刘备，年轻的时候是贩卖草鞋的。草鞋就是草编织的鞋，这是一般平民穿的。刘兰芝穿的"丝履"是丝织的鞋，这是很精致而贵重的鞋。

究竟有没有"丝履"这种东西呢？有。比刘兰芝的时代更早的西汉就有。湖南长沙的马王堆汉墓出土过西汉丝履。这双丝履的鞋面用丝织成，鞋底用麻线编成，因为鞋底需要耐磨。丝履是有钱人穿的。

西汉丝履

25

《木兰辞》里的"木兰"是女孩，
为什么她要去当兵？

鎏金神兽青铜牌饰

　　《木兰辞》是一首北朝民歌，讲述了花木兰作为女子，乔装代父从军的故事。这首诗反映了在战争频繁的北朝时期，好勇尚武的社会风貌，歌颂了花木兰勇敢而有担当的形象。中国国家博物馆和内蒙古博物院都有一枚带有神兽的青铜牌饰，这是北朝的文物，而且和建立北魏的鲜卑人有很大的关系。

出处：　　　唧唧复唧唧，木兰当户织。不闻机杼声，唯闻女叹息。问女何所思，问女何所忆。女亦无所思，女亦无所忆。昨夜见军帖，可汗大点兵，军书十二卷，卷卷有爷名。阿爷无大儿，木兰无长兄，愿为市鞍马，从此替爷征。

——南北朝·《木兰辞》（节选）

译文：　　　在织布机的声响中，勤劳的木兰在窗下织布。机杼声好久听不到了，忽然传来木兰的连连叹息。木兰为什么叹息？木兰在想什么？木兰别的无所想、无所忆，只是记起昨天夜里看到军中文书，可汗要点兵出征。军中的名册上有父亲的名字。父亲没有年长的儿子可以替他出征，木兰并没有长兄。木兰愿意备好鞍马，从此代父出征。

"北朝" 是什么时候

中国历史上有一个南北朝时期，这个时期从公元420年一直持续到公元589年，中间一共经历了169年。

历史上的这个时期，南方和北方分别建立了不同的朝代。南方有宋、齐、梁、陈四个朝代，疆域在长江以南，都城在今天的南京，这四个朝代合称"南朝"。

北方有北魏、东魏、西魏、北齐、北周五个朝代，这五个朝代合称"北朝"。北朝初期，都城在今天的河南洛阳，后期又分裂成东、西两个部分，分别以邺城（今天河北省临漳县境内）和长安（今天陕西省西安市）为中心。

　　《木兰辞》里的木兰一家就生活在北朝。

北朝的"神兽"

　　北朝的第一个朝代叫北魏，它统一了北方。

　　西汉时，北魏的建立者鲜卑拓跋部生活在大鲜卑山一带（现在大兴安岭的北段）。东汉初年，拓跋部迁徙到了大泽，也就是今天的呼伦湖。考古发现呼伦湖北岸的扎赉（lài）诺尔有鲜卑墓葬，正是拓跋鲜卑曾经在此生活的痕迹。

　　当时的鲜卑族领袖拓跋邻觉得大泽是个阴暗低湿的地方，不适合建邑，一直想往更合适的地方迁徙。据《北史》所记，后来他的儿子——被追谥为"圣武帝"的拓跋诘汾率部南迁时，所经山谷地势险要，中间有数不尽的艰难险阻，鲜卑人走了很久也走不出来。这时"有神兽似马，其声类牛，导引历年乃出，始居匈奴故地"，有一只神兽带着鲜卑人走出了深山老林，到达了汉代的五原郡，也就是现在的内蒙古河套、阴山一带。鲜卑人为了纪念神兽，把它的形象刻画出来，装饰在日常用的物品上。有人推测，"鲜卑神兽"就是驯鹿。

"鲜卑"最早只是饰品的名称，并非族名，就是指腰带的带头。西汉初年，鲜卑作为少数民族的重要饰品传入中原，并且广为应用。

女孩为什么要去当兵

诗里说"昨夜见军帖，可汗大点兵，军书十二卷，卷卷有爷名"。这里说的"可汗"指的是北朝鲜卑人的首领。可汗要打仗就要先点兵，"军书"应该是记载着士兵姓名、户籍的文件。

在古代，军队以男子为主，极少有女性将军和士兵。那么木兰是怎么进入军队的呢？诗里说了一个原因："阿爷无大儿，木兰无长兄，愿为市鞍马，从此替爷征。"这里说的"阿爷"在北朝的口头语中是"父亲"的意思。木兰的父亲没有适龄的儿子，木兰没有兄长，而军书上有父亲的名字，父亲年纪大了，所以木兰愿意代替父亲去入伍出征。

木兰的父亲为什么年纪大了还必须应征入伍呢？这就要说到北朝的兵制了。北朝有一些固定的户籍是军户，也就是说这些户籍的男子世代为兵，父死子继。这样可以保持兵源的稳定性。代代都要当兵，就要专门进行针对性训练，这样士兵的质量也有保证。只要一打仗，官方下发文件，文件上有名的军户的男人就要应征入伍。木兰家里没有成年男子可以代替父亲，还有一个弟弟年龄还小，这种情况下应该还是由父亲去出征。木兰不忍心让年纪大的父亲去，所以自己代替父亲去打仗。

"明堂"是什么地方

木兰打了大胜仗回来，从前的"可汗"也变成了"天子"。木兰立了大功，天子要赏赐木兰。不但要赏赐，而且要亲自召见。天子在明堂召见这些有大功劳的将士。

"明堂"是古代等级最高的礼仪建筑，一般在这里举行盛大而隆重的典礼，比如祭祀上天、召见诸侯等。

唐代的武则天在洛阳修建过明堂，根据记载，这座明堂足有三丈（约 10 米）高，即使在上百里外都能看得见它。这座明堂装饰了丹青彩绘，还有珠宝玉石，特别华丽。今天在洛阳还有这座明堂的遗址。

现在我们在北京故宫博物院看到的太和殿是清代高级别的礼仪建筑，在清代只有皇帝登基，或节日庆典、朝会大典等特别重要的礼仪活动才会在太和殿举行，这也算是清代的明堂了。

明堂这么高级别，这么重要，天子在明堂召见木兰，可见木兰的功劳有多大。

"少年轻科普" 丛书

跨学科阅读

当成语遇到科学

当小古文遇到科学

当古诗词遇到科学

《西游记》里的博物学

科学新知

动物界的特种工

花花草草和大树，
我有问题想问你

生物饭店
奇奇怪怪的食客与意想不到的食谱

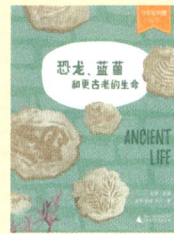

恐龙、蓝菌和
更古老的生命

我们身边的奇妙科学

星空和大地，
藏着那么多秘密

遇到危险怎么办
——我的安全笔记

病毒和人类
共生的世界

灭绝动物
不想和你说再见

细菌王国
看不见的神奇世界

好脏的科学
世界有点重口味

植物，了不起的
人类职业规划师

人文通识

博物馆里的汉字

博物馆里的成语

博物馆里的古诗词

"少年轻科普"小套装（8册）

包含分册：

· 当成语遇到科学
· 动物界的特种工
· 花花草草和大树，我有问题想问你
· 生物饭店——奇奇怪怪的食客与意想不到的食谱
· 恐龙、蓝菌和更古老的生命
· 我们身边的奇妙科学
· 星空和大地，藏着那么多秘密
· 遇到危险怎么办——我的安全笔记